RENATA R. CORRÊA

DE repente, TUDO MUDA

RENATA R. CORRÊA

DE repente, TUDO MUDA

1ª IMPRESSÃO

PandorgA
2018

Direção Editorial
Silvia Vasconcelos
Produção Editorial
Equipe Editora Pandorga
Preparação de texto
Francine Porfírio (CS Edições)
Revisão
Martinha Fagundes (CS Edições)
Diagramação
Cristiane Saavedra
Capa
Gisely Fernandes (CS Edições)

Texto de acordo com as normas do Novo Acordo Ortográfico da Língua Portuguesa
(Decreto Legislativo nº 54, de 1995)

Dados Internacionais de Catalogação na Publicação (CIP)
Bibliotecária responsável: Aline Graziele Benitez CRB-1/3129

C987r Corrêa, Ranata R.
1.ed. De repente tudo muda / Renata R. Corrêa. – 1.ed. –
São Paulo: Pandorga, 2018.
160p.; 14 x 21 cm.

ISBN: 978-85-8442-306-4

1. Literatura brasileira. 2. Romance. I. Título.

CDD 869.93

Índice para catálogo sistemático:
1. Literatura brasileira: romance

2018
IMPRESSO NO BRASIL
PRINTED IN BRAZIL
DIREITOS CEDIDOS PARA ESTA EDIÇÃO À
EDITORA PANDORGA
AVENIDA SÃO CAMILO, 899
CEP 06709-150 – GRANJA VIANA – COTIA – SP
TEL. (11) 4612-6404
WWW.EDITORAPANDORGA.COM.BR

Olhando o relógio
o tempo não passa
quando me afasto de você
Mas de repente ele fica apressado
e as horas disparam
é só porque encontrei você
E aí tudo muda
olhando pro céu
e aí tudo muda
eu penso em você e eu
A ciência confirma os fatos que o coração descobriu
nos seus braços sempre me esqueço de tempo, espaço e no fim
tudo é relativo quando te fazer feliz, me faz feliz
se a história for sempre assim
melhor pra mim...

MELHOR PRA MIM – LEONI

Dedico este livro em especial ao meu amado marido Klever,
por sempre me incentivar e dar preciosos palpites,
e aos meus filhos, razão do meu viver!

Querido leitor ou leitora,

E se hoje fosse seu último dia de vida, o que você faria?

Nunca saberemos quando e como tudo chegará ao fim, mas eu, Renata, que já passei por uma experiência de quase morte, posso dizer que chega quando a gente menos espera e quase sempre nos pega de surpresa, desprevenidos. E sabe qual a sensação? Impotência. Não há nada que se possa fazer naquele momento, a não ser rezar, implorar por mais um tempo, uma segunda chance.

Não, este livro não é sobre mim, é uma ficção, mas prometo que um dia ainda escreverei minha história.

Voltemos ao que interessa: se hoje fosse seu último dia, como gostaria de vivê-lo? Se tivesse a chance de mudar algo que fez até aqui, mudaria?

Posso te dar um conselho? Viva! De verdade, sem máscaras ou reservas. Aprenda a dizer não, respeite seus limites e exija o respeito que merece. Corra atrás de seus sonhos. Essa história de ficar aguardando o melhor momento é a maior furada, o melhor momento é agora, só depende de você acreditar. Experimente, tente, erre, comemore, chore, ria. Nunca se perca de sua essência, do seu verdadeiro "eu". Desejo que no final das contas, quando olhar para trás, perceba que tudo valeu a pena. Que faria tudo outra vez, igualzinho, se preciso fosse.

Espero que goste deste livro e que ele lhe faça, de algum modo, refletir sobre a vida.

Boa leitura e obrigada por adquiri-lo!

Renata

Prólogo

Era um dia como outro qualquer quando, pensando no quanto minha vida era feliz, percebi uma movimentação estranha.

— Não! — Levantei-me depressa, apavorada, e ouvi o disparo. Senti o impacto da bala me perfurando, mas não houve dor, apenas uma ardência no peito. Minha blusa logo ficou ensanguentada. Meu coração acelerou e as mãos começaram a tremer.

De repente, o medo tomou conta de mim. Fiquei desesperada ao perceber que tinha sido baleada. Eu ainda estava de pé, mas logo perdi as forças e caí.

Meu Deus, não! Isto não pode estar acontecendo!

— Chamem uma ambulância! — Ouvi alguém gritar.

Minha visão ficou turva e a respiração, difícil. Entendi que a minha vida estava por um fio.

— Me permita viver, Senhor! — implorei em um sussurro. Provavelmente, as palavras saíram inaudíveis.

Sempre cuidei das pessoas, mas de repente estava do outro lado. Era eu quem precisava ser socorrida, e talvez até de um milagre.

Meus pensamentos ficaram confusos, desconexos.

Agora que parecia ter encontrado o rumo, tudo estava tão bem... Não é justo... Me deixe viver, eu imploro, meu Deus! Sempre tive tanta fé, não me leve ainda... Senti os olhos úmidos e o gosto salgado chegando à garganta. Tentei apertar a mão que segurava a minha. Não conseguia entender direito o que ele falava, mas sabia que estava ali e, como eu, parecia desesperado. Senti suas lágrimas caírem sobre meu rosto e desejei, naquele momento, que tudo acabasse bem, que houvesse tempo para mim, para nós.

UM ANO ANTES...

Capítulo 01

— Cristina, minha filha, desce daí. Você vai acabar se machucando!

Eu estava em cima de um pé de manga, bem no alto, e papai gritava comigo, agitado. Eu tinha sete anos; era sonhadora e destemida.

— Venha aqui agora, Cris! — Ouvi sua voz firme e preocupada.

Desci pulando entre os galhos e escorregando pelo tronco. Quando estava quase chegando ao chão, dei um salto e caí em pé, de braços abertos. Fiz uma reverência em agradecimento à plateia que me assistia: papai. Apesar de bravo, riu. Papai me adorava, e eu adorava conversar com ele.

— Senta aqui do meu lado, minha bonequinha loira! O que você quer ser quando crescer? — perguntou assim que o obedeci, fazendo carinho no meu rosto todo sujo.

— Astronauta! — Olhei toda serelepe para ele, que gargalhou alto.

— Medo de altura você já mostrou que não tem, não é mesmo, mocinha?

Fiquei satisfeita com a aprovação dele, mas na hora me ocorreu outra profissão:

— Papai, se não for astronauta, talvez eu seja enfermeira. Assim vou poder cuidar das pessoas. Ah, e quero morar numa cidade grande! Casar com um moço tão bonito quanto o senhor e ter dois filhos: um menino e uma menina.

Papai riu, não uma risada debochada, mas de contentamento.

— Vai sim, minha filha! Você será tudo aquilo que desejar. — Acariciou meu cabelo e me puxou para o colo, dando-me um beijo quentinho e carinhoso nas bochechas.

Mamãe apareceu na porta da nossa casa humilde, com um sorriso no rosto, dizendo que o almoço estava pronto. Carregava minha irmãzinha, de três anos de idade, nos braços e meu irmão do meio, de cinco, agarrado à sua saia.

O despertador tocou.

Acordei com saudades da minha família. O sonho com minha infância tinha sido doce e bom.

Meu corpo dolorido reclamava devido às horas excessivas em pé, durante o plantão. Mas acordei feliz.

Nasci em uma cidade pequena no interior de São Paulo, e fui morar sozinha na capital para estudar e trabalhar. Acabei me formando em Enfermagem e ficando por lá. Acreditava que seria capaz de realizar meus sonhos. O que dependeu de mim, corri atrás. Não foi fácil. Precisei trabalhar como balconista em uma farmácia para ter condições de me sustentar, já que, financeiramente, meus pais podiam me oferecer bem pouco. Trabalhava durante o dia e estudava à noite.

Em relação aos assuntos do coração, ainda não tinha encontrado a "minha cara-metade". Não que eu sonhasse com um príncipe encantado, mas era romântica e esperava um grande amor que me tirasse o fôlego, que também me trouxesse paz e fosse alguém disposto a caminhar ao meu lado, envelhecer junto... Aquelas coisas que a gente lê nos romances.

Aos vinte e quatro anos, eu era uma mulher considerada bonita pelos outros, apesar de não me achar assim. Cabelos loiros e ondulados, olhos cor de uísque, estatura mediana e corpo esbelto, que mantinha à custa de boa alimentação e exercícios físicos.

Fazia pouco tempo que eu tinha sido contratada por um grande hospital, meu segundo emprego depois de formada, quando conheci um médico lindo.

Eu estava de plantão, meus turnos eram na Clínica Médica, mas, devido à falta de alguns funcionários, me remanejaram para a Cirurgia Geral. Era enfermeira no pronto-socorro e fui parar na Primeira Sala, onde se fazia o atendimento inicial das vítimas de acidente.

Adriano era um dos plantonistas naquela manhã. Impossível não reparar nele com a roupa verde que os médicos da emergência usavam e que, apesar de semelhante a um pijama, deixava-o extremamente sexy. O tecido fino permitia que os músculos ficassem visivelmente delineados, atiçando a minha imaginação.

Ele era jovem, alto, moreno, magro, mas de braços fortes, cabelos castanhos lisos com corte repicado e alguns fios caindo na altura dos olhos, tentadoramente sedutor. Os dentes eram muito brancos e alinhados, e a boca levemente carnuda e rosada. Tinha um sorriso largo, lindo, que me atraiu logo de cara.

O homem era de tirar o fôlego.

Passei o plantão todo feito uma retardada hipnotizada pela beleza estonteante dele. Como nosso corpo nos trai! Fiz de tudo para disfarçar, mas é claro que ele notou o efeito que causava em mim.

— Cristina? — Sua voz grave e sexy me fez olhá-lo. — É esse seu nome, não é? — Puxou conversa, aproximando-se com naturalidade e parando a poucos centímetros, causou-me uma sensação estranha.

— É sim. Posso ajudar? — perguntei, logo me perdendo na profundidade de seus olhos castanhos.

— Estou indo almoçar. Já está na sua hora também? — Seu tom era descontraído, o que aliviou um pouco a minha tensão, mas ele pareceu perceber que me perturbava. Vi o sorriso torto que surgiu no canto de sua boca.

— Está sim. — Esforcei-me para disfarçar o leve tremor nas mãos. Fiquei meio atrapalhada por falar com ele.

Gato!

— Pra falar a verdade, já estou faminta! — exclamei antes de deixá-lo responder, encostando-me à bancada de pedra onde tinha colocado a prancheta com as anotações dos pacientes. Aproveitei para respirar fundo e tentar me recompor.

Ele sorriu ao me ver totalmente sem jeito.

— Então vamos! — Apontou a saída da sala com um sorrisão de orelha a orelha, parecendo se divertir com a situação.

Senti faltar forças nas pernas, mas acompanhei Adriano até o refeitório.

Conversamos enquanto almoçávamos e, ao contrário do que eu temia, tudo fluiu tão agradável e naturalmente que parecia já nos conhecermos, o que acabou me deixando à vontade.

— Você trabalha aqui há muito tempo? — Sustentou o olhar no meu, enquanto remexia a comida no prato.

— Na verdade, estou aqui há pouco tempo. Meu setor é a Clínica Médica, mas a chefe do pronto-socorro pediu para que eu ficasse na sala de emergência hoje para cobrir um funcionário que faltou. — Pousei o garfo no ar, sem conseguir parar de analisar o rosto dele. *Bonito, másculo e muito atraente! Uau!*

— O que costuma fazer quando está de folga? — Ele me analisava, interessado na conversa. A cada sorriso, eu me desmanchava um pouco mais.

Um homem desses existe mesmo, meu Deus?

— Gosto de ler, de malhar e de ficar de bobeira em casa, jogada no sofá assistindo à TV até adormecer! — Arregalei os olhos, divertida.

— Jura? — Observou-me com uma cara engraçada.

— O quê? — Sorri, confusa.

— Gosta mesmo de dormir no sofá? Quero dizer, é que eu adoro fazer isso... — Ele meneou a cabeça, descontraído, como se tivesse percebido que éramos muito parecidos.

— Gosto sim, o barulho e as luzes alternando acabam embalando meu sono. O difícil depois é levantar e ir para a cama no meio da noite, às vezes com o corpo dolorido por ter passado horas encolhida.

— Ah, sim, essa é a pior parte!

Sorrimos.

Em poucos minutos de conversa, percebemos que tínhamos muitas afinidades.

— O que vai fazer hoje à noite? — Ajeitou o corpo na cadeira, animado, assim que terminou sua refeição.

— Nada. Provavelmente ficarei em casa descansando. — Mexi no cabelo, um pouco tímida, não estava acreditando que ele queria me ver novamente. Acabei mordendo a parte interna de uma das bochechas, uma mania de quando me sentia nervosa.

— Você fica ainda mais linda tímida, sabia? — O elogio em tom provocante fez meu rosto esquentar subitamente. — Bem, se não estiver muito cansada, poderíamos nos encontrar. O que acha da ideia?

É claro que eu queria estar com ele de novo! Que mulher o recusaria? O cara era simplesmente maravilhoso, e muito sensual.

Concordei mais do que depressa e combinamos de nos ver em meu apartamento depois do plantão.

Foi difícil trabalhar pelo restante do dia. Mesmo que eu tentasse evitar, pegava-me olhando para ele, sorrindo feito tola, imaginando como seria nosso encontro. Por vezes, ele me flagrou e sorriu de volta. Estava ficando complicado disfarçar a empolgação. Fazia tanto tempo que eu não saía com ninguém, e Adriano não era um alguém qualquer. Ele era um monumento em forma de homem. Só de pensar que poderia acontecer algo entre nós, sentia o corpo todo aquecer.

Ao final do dia, despedimo-nos de longe com um aceno de mão e um sorriso cheio de expectativas, pelo menos de minha parte. Ambos tínhamos de passar o plantão para a equipe que chegava.

Como estava de carro, voltei apressada para casa. Não conseguia tirar Adriano dos pensamentos, que ficavam mais ousados a cada parada de semáforo.

Vamos nos encontrar no meu apartamento! Mal posso acreditar!

No horário combinado, meu interfone tocou. Ao abrir a porta, dei de cara com ele a trazer flores nas mãos, lindo e perfumado.

— Boa noite! — cumprimentou sorrindo, estendendo a mão para me entregar o buquê. — São para você.

— Boa noite! — Peguei-o e, por uma fração de segundo, nossos dedos se encostaram. Foi apenas um toque inocente, mas me deixou ansiosa e excitada. — Venha! — Apontei o caminho. — Entre e fique à vontade.

Tive que dar o melhor de mim para disfarçar o desejo que me consumia.

— Você está linda. — Seu elogio me fez corar, certamente, pois o rosto pegou fogo. — E fica ainda mais linda ruborizada — completou, fazendo-me derreter.

— Obrigada. — Mordi aquele cantinho da minha bochecha.

Adriano me acompanhou até a cozinha, onde coloquei as flores num jarro com água. Eu estava usando um vestido amarelo levemente rodado e curto, com um decote nas costas, e o percebi praticamente me devorar com os olhos enquanto me seguia. Fiquei lisonjeada ao notar ser desejada por um homem daquele.

Meu apartamento era pequeno e decorado de forma simples. Na sala, tinha um sofá cinza de três lugares, de um tecido que parecia linho, e ao lado dele ficava um pufe vermelho. Em frente, um rack de madeira escura com a TV e alguns porta-retratos. A sala de estar era conjugada com uma pequena sala de jantar, onde havia uma mesa retangular, com tampo de vidro e pés de madeira, formando conjunto com quatro cadeiras, um par de cada lado, encostadas ao balcão que dividia o ambiente num estilo "cozinha americana".

— Conseguiu descansar um pouquinho? — Encostou-se à parede da cozinha, de frente para mim, parecendo bem à vontade.

Enquanto eu abria a torneira, ele me analisava de cima a baixo, o que me deixou mais nervosa do que já estava. Comecei a desejar coisas que geralmente não costumava imaginar. Olhei para suas mãos, grandes e seguras, e as quis em mim.

— Nada. Estou exausta! Mas feliz por receber você aqui... — Sorri, olhando meio de lado, tentando espantar os pensamentos inquietantes. Terminei de arrumar as flores no jarro. — E você descansou?

— Eu também não, mas, apesar disso, estou feliz por vir. — A voz grave soou suave e sedutora. Um convite para a perdição.

Céus, o que está acontecendo comigo?

Em seguida, Adriano veio caminhando até mim, fazendo minha pulsação acelerar.

Assim que se aproximou, senti a respiração pesada.

— Você está incrível sem aquele uniforme do hospital — sussurrou ao meu ouvido, acariciando-me no rosto.

Fiquei sem reação. Seu toque fez, subitamente, uma quentura tomar conta do meio das minhas pernas.

Existia um magnetismo que eu mal conseguia compreender entre nossos corpos.

Infelizmente, minha experiência em namoro não tinha sido muito boa. Fazia tempos que eu estava sozinha e não me lembrava de já ter experimentado um orgasmo, o que me preocupava. De repente, no entanto, estava ali, excitada com apenas um carinho de um estranho.

Respirar ficou difícil. Sem que eu pudesse me dar conta de mais nada, nossas bocas estavam grudadas e nos beijávamos de forma urgente.

Nunca fui de me entregar facilmente num primeiro encontro, por não achar certo. Talvez Adriano, mesmo sem eu entender o porquê, tivesse me arrebatado. Eu o desejava. Enquanto sua boca macia explorava a minha e nossas línguas se conheciam, levando-me à loucura, eu imaginava muito mais e já me sentia molhada.

Assim que nossos lábios se afastaram, tive de procurar por ar.

— Calma, gatinha, ainda nem começamos! — Sorriu maliciosamente.

Fiquei fora de mim, já não era capaz de responder pelos meus atos. Sorri, nervosa, e concordei com a cabeça.

— Então me mostra do que é capaz, doutor! — Nem acreditei que ousei dizer aquilo.

Ele estreitou os olhos e se aproximou como um leão à espreita da presa. Senti minha intimidade latejar quando seu corpo me prensou contra a parede. Com uma das mãos, ele prendeu as minhas no alto, ao lado da cabeça, distribuindo um caminho de beijos e mordidinhas pelo pescoço até a orelha. Minhas pernas bambearam. Se ele não estivesse me segurando, juro que teria caído.

Nossas respirações ofegavam, sua mão livre explorava meu corpo até lugares muito íntimos, o que me fazia estremecer de prazer. Quase gozei.

Naquele momento entendi que, sim, carícias ousadas podiam ser muito prazerosas, e a expectativa estava me matando.

Eu queria que aquela sensação gostosa atingisse seu ápice e me tomasse de vez. A cada beijo e toque, meu ventre formigava mais. Eu merecia aquele orgasmo que se anunciava.

— Calma, gostosa, ainda não! — sussurrou ao meu ouvido, deixando-me ainda mais louca.

— Gostoso é você. — Encostei a testa na dele, resfolegando. — Mas não quero que pense...

— Shhh... — Interrompeu-me, colocando o indicador sobre meus lábios. — Fica tranquila, não estou pensando nada. Onde estávamos mesmo?

Voltou a me beijar.

Que se dane!

Adriano enlaçou a minha cintura, me levantando, e envolvi as pernas ao redor dele.

— O que você quer, Cristina? — A voz rouca me inebriava.

— Você! — Não dava para negar nem evitar. Eu queria aquilo mais que qualquer coisa.

Quando dei por mim, estava arrancando desesperadamente sua camiseta, arranhando suas costas enquanto deslizava a peça para cima. A pele dele arrepiou. Sorri satisfeita.

— Onde fica o quarto? — perguntou comigo ainda em seus braços.

— Final do corredor, à direita. — Custei a responder e quase acrescentei um "depressa, por favor".

Parecendo ler meus pensamentos, ele caminhou rápido para o meu quarto. Passos firmes e olhos vorazes.

Empurrou a porta com o pé, foi em direção à cama e me colocou sentada nela. Fiquei a encará-lo, aflita e extremamente excitada. Meu peito subia e descia num ritmo frenético.

Ah, doutor, o que está fazendo comigo?

Em silêncio, acariciou meu rosto e cabelo.

Mordi o lábio inferior em expectativa. Então ele desceu as alças do meu vestido, afastando-se brevemente para me olhar, dando-me a visão de seu peitoral definido e barriga tanquinho.

Uau! Pelo visto, ele também gosta de malhar, hum? Foi impossível conter o pensamento. Acho que fiz cara de safada.

— Apreciando a vista?

Voltei a encontrar seus olhos após o flagrante. Sorri provocantemente.

— Pode apostar! — Puxei-o novamente ao meu encontro.

Habilmente, ele desabotoou o sutiã e logo acariciou meus seios. Sua atenção especial aos mamilos me roubou um longo gemido.

— Isso é bom! — Mordisquei o ombro dele e voltamos a nos beijar.

Rápido, ele se livrou da própria calça e, num movimento ousado, puxou minha calcinha para baixo. Ela ficou presa em meus pés, mas consegui descartá-la num instante.

Adriano se ajoelhou e beijou meu ponto mais sensível, fazendo-me contorcer. Junto com sua língua a me dar prazer, introduziu dois dedos em mim. Gemi.

— Está tão molhada... Que delícia! — Ergueu o rosto para me olhar.

— Quero você dentro de mim — sussurrei, manhosa.

Quem era aquela tão ousada? Eu não estava me reconhecendo.

— Seu pedido é uma ordem, delícia!

Ele abriu uma embalagem de camisinha, que nem vi já estar ao meu lado, e a colocou antes de me penetrar com delicadeza. Como fazia tempo que eu não transava, senti certo desconforto inicial, uma ardência que logo foi substituída por pura sensação de prazer.

— Linda! — Seus olhos não desgrudavam dos meus.

Entre uma estocada e outra, ele repetia como eu era linda e gostosa. Eu me sentia poderosa!

Foi um momento fantástico. Gozei várias vezes! Terminei exausta, plena e satisfeita.

— Foi incrível! — Passeou os dedos sobre meu corpo ainda sensível.

— Foi sim. — Tive vontade de gritar o quanto foi bom, mas me contive e apenas sorri. Como se fosse possível, ele estava ainda mais bonito descabelado, suado e ofegante.

Foi muito especial compreender que eu não era frígida. Os homens anteriores é que nunca souberam me estimular.

— Estou morto de fome. Vamos pedir comida?

— Vamos sim. Também estou faminta! — Beijei seu peito nu, suado, salgado e delicioso.

Ele desceu da cama, pegou o celular no bolso da calça e ligou para um restaurante, encomendando filé à parmegiana.

Fomos tomar um banho enquanto esperávamos a comida chegar, e transamos mais uma vez debaixo do chuveiro.

Depois de jantarmos, nos despedimos com beijos calorosos.

— Posso ligar amanhã? — Acariciou meu rosto, já na porta.

— Claro! Vou adorar. — Seria ótimo falar com ele e, quem sabe, experimentar de novo tudo que tínhamos feito.

Assim que Adriano foi embora, joguei-me no sofá e fiquei relembrando cada minuto de tudo o que acabara de acontecer.

Antes de dormir, mandei uma mensagem para Nana e Tuca, minhas melhores amigas – e também enfermeiras que conheci durante a faculdade –, contando ter conhecido o cara mais gato do mundo e como ele me levou ao céu. Ambas sabiam que eu nunca tive um orgasmo antes e até me indicaram massagem tântrica, algo que nem cheguei a procurar. Já havia me masturbado, é claro, mas acabava travada e ansiosa demais, nem sozinha conseguia chegar ao clímax.

Estava tarde, então elas não viram as mensagens. Atirei-me na cama, que ainda tinha o cheiro de Adriano, e adormeci feliz.

Acordei com meu celular apitando. Eram as minhas amigas respondendo.

Primeiro a Tuca.

> Amiga, que coisa mais maravilhosa! Quero saber tudo!

Depois da Nana.

> Não acreditooo! Até que enfim, você merecia conhecer o céu, amiga! Quero saber os detalhes sórdidos.

Sorri ao ler, mas deixei para responder depois. Queria contar pessoalmente. Decidi convidá-las para tomar um vinho em casa à noite, quando poderíamos conversar com privacidade. À tarde, liguei e combinamos.

Como sempre, vê-las foi muito divertido, e adorei compartilhar o que estava vivendo.

— Ai, amiga, que maravilha! Fico muito feliz por você. — Nana me abraçou e Tuca se juntou a nós.

As duas eram parecidas; ambas morenas, de cabelos e olhos castanhos, comuns, mas tão simpáticas que eu as achava muito bonitas. Nana usava um corte curto e repicado, e Tuca tinha as madeixas quase na cintura.

Elas adoravam curtir a vida e raramente se envolviam por muito tempo com um rapaz.

— E vocês, hein, meninas, alguma novidade para contar? — perguntei, curiosa, depois que o abraço terminou.

— Da minha parte nada de interessante... — resmungou Nana.

— Nem comigo, amiga! — Tuca fez beicinho. — A não ser aquele paquerinha que conheci outro dia na boate que insiste em me ligar, mas não estou muito a fim de sair com ele novamente.

— Por que não? — quis saber, pois a princípio ela parecia interessada nele.

— Ah, amiga, ele é daqueles caras grudentos, ciumento, e sei lá, não é o tipo de relacionamento que procuro para mim. Antes só do que mal acompanhada!

Gargalhamos da exclamação exagerada dela.

Conversamos por horas. Elas acabaram dormindo em minha casa.

Na manhã seguinte, Adriano ligou querendo me ver.

— *Oi, gata! Como vai?*

— Oi, gato! Bem e você? — Saí de fininho para não acordar as meninas, que lançaram os colchões do quarto de visitas no chão do meu. Fizeram isso para que pudéssemos conversar até adormecermos.

— *Também estou bem, não consigo parar de pensar em você.*

Senti meu ventre formigar com as lembranças do que fizemos.

— Fico feliz em saber, doutor. — Sentei-me na sala, sorrindo com cara de safada. Ainda bem que ninguém estava me vendo.

— Quer almoçar comigo?

— Quero sim. — Minha voz saiu um pouco rouca, pelo desejo súbito que me tomou.

— Passo para pegar você ao meio-dia, pode ser?

— Pode! Estarei esperando. Um beijo.

Desliguei enlouquecida, então corri de volta ao quarto e acordei as meninas para contar a novidade.

— Jesus! Ainda é cedo e você já falou com o gato?! Que horas são? — Nana parecia atordoada.

— Já são nove horas, nem é tão cedo assim, preguiçosa! — Pulei em cima dela.

— Ai, amiga, isso é ótimo! Capricha na *lingerie* que, pelo visto, vai ter *replay*! — falou Tuca, divertida, e caímos as três na gargalhada. Atirei um travesseiro nela.

Tomamos café da manhã juntas, e elas foram embora me desejando boa sorte no encontro.

Adriano passou para me buscar no horário combinado. Fomos a um restaurante reservado que eu ainda não conhecia, quase não tinha movimento.

Almoçamos conversando sobre amenidades, mas os olhos dele me consumiam. Depois da refeição, fomos para meu apartamento e repetimos todas as delícias daquela noite.

Desde então, passamos a nos ver e a transar com frequência.

Certa vez, ele dormiu na minha casa, o que não costumava fazer. Acordei e fiquei olhando-o.

Lindo! Parece um deus grego!

Suspirei fundo, e então ele despertou.

— Bom dia, delícia! — Sorriu assim que percebeu meu olhar sobre ele.

— Bom dia! — Sorri de volta.

Estava feliz por tê-lo em minha cama.

— Dormiu bem? — perguntei em seguida.

— Como uma pedra. E você? — Acariciou meu rosto.

— Eu também. — Coloquei minha mão sobre a dele, desejando que o carinho não terminasse, que ele não fosse embora. Mas logo Adriano rompeu o contato e se levantou.

— Vamos tomar um café? — Levantei-me também, à procura de algo para vestir.

— Infelizmente não vou poder ficar, gata. Hoje estou de plantão novamente, só que em outro hospital, preciso ir. — Vestiu-se apressado, estalou um beijo na minha boca e saiu, deixando-me sozinha e angustiada. Já fazia um tempinho que estávamos juntos, mas ele não me assumia nem falava em namoro, compromisso, qualquer coisa.

Queria tanto que ele ficasse... Queria tanto ser a namorada dele! O que estou fazendo da minha vida, meu Deus?

Os médicos que conhecia trabalhavam muito. Às vezes em dois ou três lugares diferentes, e Adriano era um desses. Estava sempre de plantão. Raramente passávamos uma noite inteira juntos. Ele estava geralmente apressado e ia embora depois do sexo, largando-me sozinha.

Queria ter mais tempo para ficar com ele, para fazer programas normais como todo casal: ir ao cinema, passear pelo shopping, caminhar no parque... Nunca tivemos tempo para isso. Nem ao menos sabia ao certo se éramos mesmo um casal ou apenas duas pessoas que transavam com frequência.

Nossa situação me incomodava, mas o prazer e a alegria que Adriano me proporcionava quando estava comigo me faziam esquecer tudo. E assim o tempo foi passando enquanto ficávamos sem compromisso.

Certo dia, o hospital em que trabalhávamos promoveu um evento beneficente, organizado no estacionamento, onde tendas foram armadas com macas e materiais para exame. O público-alvo era crianças, adolescentes, adultos e idosos carentes, com pouco acesso à saúde. Eles receberiam atendimento gratuito e, em troca, foi pedido a quem tivesse condições, a doação de um quilo de alimento não perecível ou de um brinquedo usado, que depois seria repassado para duas instituições sociais da cidade: um asilo e um orfanato.

Para a ocasião, os médicos, enfermeiros e técnicos de enfermagem foram divididos em equipes. Eu e Adriano ficamos na mesma equipe, o que me deixou contente. Passaram por lá quase duas mil pessoas que receberam orientações, tiveram a pressão arterial aferida, fizeram teste para diabetes e glaucoma. As pessoas foram triadas por sua necessidade e os médicos atenderam os casos de maior risco. Trabalhando com Adriano de forma voluntária, acabei conhecendo um lado muito humano dele que me encantou ainda mais. Um lado totalmente altruísta. Ele estava ali, entregue de corpo e coração, atendendo aquelas pessoas. Durante todo o evento, exibia um sorriso e um brilho de satisfação no olhar. Ele cumprimentava cada paciente com um aperto de mão e um abraço. Ouvia atenta e sensivelmente as queixas, e examinava-os com delicadeza. O trabalho era gratificante, mas terminamos o dia exaustos.

— Acho que concluímos! — Sorriu visivelmente cansado após atender o último paciente.

— Foi incrível, não? — Apesar de exaurida, eu me mantive eufórica enquanto organizava as coisas para levar de volta ao hospital.

— Foi sim! Eu adoro esse tipo de projeto. Apesar de tantas horas seguidas de trabalho nesse calor dos infernos ter me deixado acabado, é muito bom saber que eu estava fazendo o bem a tantas pessoas, é recompensador. — Retirou o jaleco durante a resposta. — Quer ajuda?

— Quero sim. Você pode, por favor, pegar aquelas caixas de luvas e me ajudar a levar para dentro? — Apontei um cantinho na tenda.

— Claro — respondeu gentilmente, já apanhando as caixas. — Me dê mais essas que estão com você e vamos juntos.

— Quer jantar comigo? — perguntei, receosa, quando nos dirigíamos à recepção do hospital.

— Sim, já está ficando tarde e estou morto de fome. Quer uma carona ou está de carro?

— Vim de ônibus, então aceito a carona. — Olhei para seu rosto, alegre por ouvi-lo aceitar meu convite. Ao lado de Adriano, eu parecia uma das garotinhas carentes que atendemos. Eu ficava feliz com qualquer demonstração de afeto.

— Podemos passar em algum lugar e comprar comida, daí vamos pra sua casa, o que acha?

— Acho ótimo, pois não tenho nada pronto. Teria que preparar ainda.

— Meu estômago já está roncando, mas penso que poderíamos tomar um banho juntos antes de jantarmos. Fiquei observando você o dia todo, estou louco para te ter em meus braços. — As palavras foram sussurradas ao meu ouvido, meu coração disparou. Quando Adriano se afastou e pude olhá-lo, encontrei um sorrisinho malicioso que me deixou desestruturada.

— Hum... Parece uma ideia tentadora, doutor! — Sorri travessa para ele, que retribuiu o gesto com ânimo.

— Você é tão linda, Cris!

— Obrigada. — Fiquei a observar seu sorriso com vontade de perguntar por que não me assumia de vez, mas Adriano estava tão leve e desarmado que eu não queria estragar o momento. Era tão bom estar ao seu lado, desejava tanto significar para ele o que sua presença significava para mim.

Entramos no hospital e deixamos as coisas onde nos foi orientado, então saímos. Minha mão, involuntariamente ou não, procurou a dele enquanto caminhávamos lado a lado em direção ao estacionamento privativo dos funcionários. Para a minha surpresa, pela primeira vez desde que estávamos juntos, Adriano entrelaçou nossos dedos assim que sentiu meu toque. Meu coração novamente disparou por ele. Nunca tínhamos andado de mãos dadas em público. Senti vontade de chorar de alegria. Podia parecer besteira um gesto tão simples me deixar emotiva, mas aquilo era de muito valor para mim.

Será que ele está cedendo? Se permitindo envolver? Gostaria que a resposta fosse sim.

Passamos num restaurante com serviço de *drive-thru* e, depois que Adriano pediu nossa comida, ficamos conversando dentro do carro.

— Não sei se já falei isso alguma vez — virou-se para mim, a voz grave soando cansada —, mas acho que nunca vi olhos tão expressivos quanto os seus. — Seus dedos suavemente tocaram o contorno das minhas pálpebras. — Sabe o que dizem sobre os olhos serem as janelas da alma?

Apenas assenti, deixando que ele continuasse. Ouvi-lo estava ficando interessante.

— Pois então, tenho certeza de que os seus lindos olhos caramelo são as janelas da sua alma, Cris! Você é tão transparente, seu olhar diz tudo sobre você. Não consegue esconder quando está feliz, triste ou preocupada. E me sinto culpado por ser o motivo de sua chateação às vezes...

Meu coração quase parou. Eu não acreditava que estávamos mesmo tendo essa conversa.

— Fico mesmo, às vezes, chateada com você porque quero mais, Adriano. Mais de você, mais de nós. Juro que não o entendo! — confessei com vontade de chorar. Precisava aproveitar a deixa e abrir meu coração, precisava fazê-lo saber dos meus sentimentos. Aquele era o momento.

— Eu sinto muito... — Desviou os olhos dos meus. — Eu queria poder ser mais para você, sei que merece isso. Queria poder oferecer mais de mim, mas é complicado, eu...

Não aguentando conter a ansiedade, acabei interrompendo-o:

— O que é tão complicado? Explica, preciso entender! — Quase supliquei, mas nossa conversa foi interrompida pela atendente avisando que nosso pedido estava pronto.

Adriano entregou o embrulho a mim, pagou e ligou o som do carro, mudando totalmente de assunto.

Senti-me frustrada, mas não quis forçar a barra. Pensava que, quando ele estivesse preparado, contaria o que acontecia.

Em certo momento, talvez cansados de preencher o silêncio com amenidades, seguimos o restante do caminho calados. A música do rádio era a única a nos embalar. Eu estava triste por perceber existir um abismo entre nós, porém ao mesmo tempo me contentava em saber que o teria em minha casa. Infelizmente, eu havia me apaixonado, e pessoas apaixonadas às vezes ficam cegas, burras e acabam aceitando migalhas quando merecem mais do que isso.

Ao chegarmos ao meu apartamento, deixamos a comida na mesa. Eu ainda estava um pouco chateada, mas bastou Adriano me tocar para que eu cedesse.

— Estou louco por um banho e por você, delícia! — Segurou meu rosto com as mãos, afagou meu cabelo e me beijou. — Não gosto de ver você com essa carinha desanimada — disse quando nossos lábios se afastaram.

— É que gosto tanto de você... — Minha voz saiu trêmula, embargada pelo choro iminente.

Não queria parecer uma garotinha boba, mas era difícil suportar o que estava acontecendo. Sentia que não o conhecia completamente e, por mais que eu desejasse, ele não me deixaria fazer parte de sua vida. Eu era apenas um caso, e não estava sabendo lidar com esse papel.

— Vem, vamos tomar uma ducha. — Estendeu-me a mão e caminhamos até o banheiro.

Respirei fundo para afugentar os pensamentos que me afligiam e resolvi aproveitar o momento, já que era só o que ele podia me dar.

Adriano me despiu com gentileza, acariciando meu corpo, beijando e tocando cada pedaço de pele exposta. Ajudei-o a se desvencilhar de suas roupas, satisfeita ao vê-lo excitado. Então abrimos a torneira do chuveiro e o deixei me envolver em seus braços, beijando-me de forma apaixonada. Quando me ergueu com facilidade, enrosquei minhas pernas em sua cintura, forçando meu corpo contra o dele para senti-lo e, num movimento ritmado, sem pressa, fizemos amor deliciosamente. A água morna escorria por nossos corpos, aumentando a sensação de prazer e relaxamento.

Adriano tinha uma muda de roupa limpa em sua mochila e a vestiu depois do banho. Eu coloquei apenas uma camiseta dele, que estava em minha casa há alguns dias. Até tentei devolver quando a encontrei, mas Adriano disse para eu ficar com ela. A peça me servia como um vestido, indo quase à altura dos joelhos. Dispensei qualquer roupa íntima e, ao perceber o que eu fazia, ele sorriu maliciosamente.

— Você sabe que fica tremendamente sexy assim, não sabe? — Aproximou-se de mim e percorreu meu corpo com sua grande mão, apalpando meus seios por cima do tecido. Mordi o lábio inferior e deixei escapar um gemido.

— Vesti pra você, imaginei que fosse gostar... — Fiquei na pontinha dos pés e envolvi meus braços ao redor do seu pescoço, dando um beijo em seus lábios.

— Adorei! Você é muito gostosa, Cris!

Demos mais um beijo e fomos para a cozinha. Jantamos conversando sobre trivialidades. Ambos estávamos exaustos.

Naquela noite, Adriano dormiu em minha casa. Foi muito gostoso poder adormecer e acordar nos braços dele.

Acordamos cedo e tomamos o café da manhã juntos.

— Adorei ter passado o dia todo trabalhando ao seu lado, mas gostei ainda mais de você ter dormido aqui. — Saindo da cadeira, acomodei-me no colo dele, aninhando-me em seus braços.

— Eu também adorei ter passado esse tempo com você e ter ficado aqui. Você é muito especial, gatinha! — Esfregou o nariz no meu pescoço e mordiscou minha orelha. Meu corpo se arrepiou, pronto para ele. — Mas agora tenho que ir.

— Precisa mesmo partir? — Fiz beicinho, contornando seus lábios com a ponta dos dedos.

— Infelizmente preciso mesmo. — Levantou-se comigo em seu colo e, em seguida, me colocou no chão.

— Me liga? — pedi, mesmo sabendo quão ridículo era implorar daquela forma por sua atenção.

— Ligo sim! — Beijou meus lábios num selinho.

Fomos até o quarto, Adriano pegou suas coisas e foi embora.

Ainda me despedi dele novamente, à porta da sala. Ao fechá-la, pensativa, encostei minha cabeça à madeira.

"Uma pessoa inteira não merece outra pela metade" – a frase de Fred Elboni, que certa vez li em um livro, veio à minha mente. Nunca me senti tão triste.

Capítulo 02

Minha semana seguiu como todas as outras. Trabalhava bastante e, durante minhas folgas, me exercitava mesmo sem muita vontade. Quando estava à toa em casa, assistia a filmes, na maioria das vezes sozinha, e também lia um pouco. Sempre adorei ler. A leitura me distraía e relaxava. Conversei com minhas amigas por telefone, mas evitei tocar no assunto "Adriano", estava chateada demais para falar sobre ele, que simplesmente desapareceu por alguns dias. Eu estava triste em relação à nossa situação.

Após seu sumiço, decidi tocar minha vida em frente, ainda que doesse muito fazê-lo. Precisava cuidar de mim.

Certa noite, encontrei Nana e Tuca para um chope e colocamos as fofocas em dia.

— Amiga, quando vamos conhecer seu gatinho? — perguntou Nana. — Já faz dias que não fala sobre ele. Como andam as coisas entre vocês? — Seu olhar era preocupado.

— Ah, nem sei, queridas... — respondi reticente, sem conseguir encará-las. — Gosto muito de estar com ele, existe uma química que eu ainda não tinha encontrado em outro cara, mas ele é estranho e misterioso demais! Está fugindo de assumir um compromisso comigo. Isso me deixa triste. O pior é que, quando estamos juntos, ele me faz feliz e preenche minha vida de alguma forma. Ah, sei lá! Temos uma relação complicada! — Precisei segurar as lágrimas que queriam escapulir de meus olhos.

Adriano despertava em mim um lado meio selvagem. Eu agia com ele de forma impensada, sem censuras. Era como se meus instintos primitivos falassem por mim. Terminei o beijo mordendo de leve seu lábio inferior, então o interfone tocou novamente.

Encarei Adriano intrigada, pois não estava esperando ninguém. Ele passou à minha frente e atendeu, autorizando a entrada. Continuei a observá-lo, curiosa. Quando abriu a porta, dois garçons entraram em minha casa. Com rapidez e maestria, arrumaram a mesa com uma refeição de aparência saborosa e acenderam velas. Colocaram uma garrafa de champanhe em um balde com gelo e saíram.

— Uau! — exclamei boquiaberta.

— Está gostando, delícia? — Aproximou-se e me envolveu em seus braços. Beijou de leve meu pescoço, um convite pecaminoso ao desejo.

— Estou sim, gato! Adorando! — Sorri entusiasmada.

Ele puxou uma cadeira para que me sentasse e jantamos, deliciando-nos com aquele banquete especial.

— Dois meses! — Ergueu a taça para um brinde. — A nós dois! E a outros muitos e muitos meses juntos! — proclamou de forma alegre e descontraída.

— A nós dois! — Brindamos. Eu estava tão feliz e encantada que mal conseguia falar. — Hmmm! Está uma delícia. — Suspirei, após a primeira garfada, contente com a surpresa linda, fazendo-o rir.

— Está muito gostoso mesmo. Escolhi salmão ao molho de camarões, porque sabia que você gostava. E risoto de palmito também é um dos meus preferidos. — Deu uma piscadinha charmosa.

— Acertou em cheio! Está divino. Amo mesmo salmão e camarões. — Procurei a mão dele sobre a mesa e entrelacei nossos dedos. Fiquei a olhar nossas mãos unidas e desejei que o momento se eternizasse

— O que foi? — A pergunta me fez encontrar seus olhos.

— Nada... Só estou feliz. — Minha voz saiu trêmula, embargada pela emoção.

— Também estou feliz!

Depois do jantar, Adriano se levantou e foi até o aparelho de som. Colocou uma música suave para tocar e me convidou para dançar.

— Cris — sussurrou enquanto dançávamos, meu corpo quente envolvido ao seu —, obrigado por estar ao meu lado neste tempo. Adoro sua companhia, nossas conversas e fazer amor com você, que é gostosa pra cacete!

— Obrigada pelos elogios, doutor. — Inclinei meu rosto para cima até me perder em seus olhos castanhos. — Mas acho que "cacete" não é uma palavra muito romântica... — Arqueei a sobrancelha em advertência, fazendo-o gargalhar.

— Pode não ser muito romântica, mas deve concordar comigo que é bastante sexy, não? — Abaixou o rosto para mordiscar minha orelha. Suas mãos passearam por minhas costas, o que me deixou momentaneamente sem fôlego.

— Você é absurdamente sexy! — corrigi, sentindo meu corpo se entregando aos seus carinhos. A cada segundo estava mais perdida, sem rumo, fora de mim.

Adriano me envolveu em seus braços e me carregou até o quarto, colocando-me com delicadeza na cama. Despiu-me lentamente, beijando minha pele num carinho torturante. Acariciou meus seios e mordeu levemente meus mamilos, um misto de dor e satisfação me percorreu. Depois, distribuiu um caminho de beijos até meu ventre. Ele sempre sabia onde tocar, onde beijar e como me enlouquecer.

— Gostosa! — sussurrou após me penetrar com dois dedos. — Sempre tão molhadinha, tão preparada pra mim. — Enquanto movimentava os dedos num vai e vem ritmado, seu polegar massageava meu clitóris. Já estava louca de tesão.

— Você é minha perdição! — Soltei a frase após um gemido.

Ele intensificou os movimentos e, alguns instantes depois, meu corpo explodia de prazer! Meus músculos em espasmos o reverenciavam.

Recuperei o fôlego e me deliciei com ele, beijando seu peitoral, explorando seus mamilos com a língua, vendo-o se contorcer. Desci minha boca por seu abdome, provocando seu arfar.

— Assim não vou aguentar muito tempo — falou entredentes, tenso de prazer.

Puxou-me para cima e me beijou. Fiquei de quatro e Adriano me penetrou, novamente seguia a caminho da loucura.

— Você é linda, Cris! E muito gostosa! — Deu-me uma palmada, aumentando ainda mais minha luxúria.

Ele me deitou de costas, ficando de pé ao lado da cama, e puxou meu corpo para voltar a me penetrar. As estocadas eram mais intensas e explodi de novo, desmanchando-me em mil pedaços. Ele gozou junto comigo.

Ainda nos amamos mais uma vez, com calma. Aproveitando e sorvendo um do outro o que tínhamos a oferecer.

A noite foi super-romântica, bem diferente do que eu estava acostumada a ter ao seu lado. Terminamos exaustos na cama, emaranhados. Ele dormiu em minha casa e foi embora na manhã seguinte.

Eu queria que fosse sempre assim.

Senti os olhos úmidos ao me despedir dele.

Queria saber mais da sua vida, tê-lo presente na minha, mas, apesar de me tratar com carinho e de me dar o melhor sexo que eu poderia imaginar, Adriano pouco se abria. Falávamos muito de assuntos banais, porém, quando a conversa envolvia um lado mais pessoal, ele sempre se esgueirava. Mudava de assunto e me desencorajava, eu acabava desistindo.

Com o tempo, percebi que, por mais íntimos que estivéssemos, não havia cumplicidade. Isso me deixava angustiada.

De um jeito difícil de explicar, aquilo foi se tornando meu vício e eu não conseguia colocar um ponto final. Mesmo sabendo que acabaria sofrendo ainda mais, sentia-me impotente. Sempre fui de desconfiar dos homens e não acreditar em príncipes encantados, como qualquer mulher que já viveu uma decepção amorosa. Mas, também como qualquer mulher, eu precisava de amor, queria me sentir valorizada e protegida. O que vivia com Adriano era muito gostoso, mas já não podia me enganar: passava longe de tudo isso.

— Oi, gata! — cumprimentou ele, certa vez, ao entrar em meu apartamento com uma garrafa de vinho.

— Alguma comemoração especial? — perguntei curiosa, aproximando-me para beijá-lo de leve.

— Estar com você é sempre especial! — A voz grave estava carregada de segundas intenções.

Após retribuir meu beijo, deu uma piscadinha safada.

— Você está gostosa pra caramba. — Olhou-me de cima a baixo, o que me fez rir.

Fomos direto para a cozinha. Ele abriu a garrafa de vinho e nos serviu.

— Vamos pedir alguma coisa para comer? Estou faminto! — Bebeu um gole do vinho em sua taça.

— Pode ser pizza? Eu também estou morta de fome! — falei de forma exagerada, esfregando minha barriga e provocando seu riso.

— Pode sim. Claro! Vou pedir. — Beijou meu pescoço e pegou o celular em seguida.

— Gato, me conta um pouquinho mais de você — pedi impulsiva. Quis tratar com naturalidade uma conversa mais pessoal. — Com quem você mora? Tem irmãos? Seus pais são vivos?

Ele me olhou como se eu tivesse acabado de fazer a coisa mais absurda do mundo. Fiquei triste e desanimada.

— Poxa, Adriano! Não me olha assim... Você sabe tudo de mim, e eu sei quase nada de você. — Senti meus olhos umedecerem.

— Sabe o mais importante. — Puxou-me ao encontro do seu corpo.

— Por favor, não faz isso... O que me esconde? Por que não gosta de falar sobre você? — Não consegui conter as lágrimas que transbordaram.

— Não chora, Cris! — Enxugou meu rosto com a ponta dos dedos. — Se é tão importante pra você...

Senti o coração encher-se com a esperança de que Adriano me revelaria seus segredos e me contaria mais sobre si mesmo.

— Moro sozinho. Tenho um irmão mais novo, que também é médico em outra cidade. E meus pais são vivos, mas se mudaram para os Estados Unidos há alguns anos. São pesquisadores.

Fiquei contente pela abertura que ele estava me dando e resolvi arriscar:

— Se você mora sozinho, por que nunca me levou à sua casa? — Fiz beicinho e acariciei o rosto dele, sem desgrudar nossos olhares.

— É que minha casa é uma bagunça, a sua é muito mais aconchegante. Prefiro encontrar você aqui.

Infelizmente, aquela resposta não me convenceu. Eu ainda insistiria em saber detalhes, mas o interfone tocou. Nossa pizza havia chegado.

Adriano não me deu mais brechas para voltar ao assunto. Comemos e assistimos a um filme que passava na TV a cabo, deitadinhos juntos no sofá da sala. Era um filme com algumas cenas mais quentes e acabei ficando excitada, ele também. Transamos ali mesmo no sofá e, como sempre, foi incrível. Acabei esquecendo o que tanto me atormentava.

Estar com Adriano era muito gostoso, mas o vazio da nossa relação começou a pesar sobre mim, sufocar meu peito. Ao completarmos três meses juntos, meu mundo desmoronou.

Eu tinha saído com minhas amigas, já era tarde e estávamos indo embora de um barzinho quando o vi sentado a uma mesa mais reservada com uma morena muito bonita. Seu braço repousava no encosto da cadeira dela, como se a abraçasse. Tive um mal-estar súbito, achei que fosse desmaiar.

— O que está acontecendo, Cris? — Nana teve que me amparar para que eu não caísse.

— O Adriano está aqui... — sussurrei em estado de choque.

— Nossa, mas qual o problema? Por que você ficou assim? — Minhas amigas se entreolharam, visivelmente preocupadas.

— Eu o chamei para sair. Ele disse que não podia, que estava de plantão... — Engoli em seco.

Então elas olharam na mesma direção que eu.

— Você conhece aquela mulher que está com ele? — perguntou Tuca, indignada.

— Não. — Levei as mãos ao rosto, desabando a chorar e atraindo a atenção de quem estava por perto. — Bem que eu desconfiei que ele tinha outra! Cachorro!

— Fica calma, amiga, vamos embora. Não deixaremos você ir até lá e se expor assim. Seria humilhação demais. Depois você resolve o que quer fazer. — Nana me arrastou pela mão, obrigando-me a entrar em seu carro.

O caminho até meu prédio foi cheio de lamentações. A descoberta era muito dolorosa.

— Você quer que a gente suba e fique com você? — ofereceu Nana, assim que estacionou.

— Não precisa.

— Tem certeza? — Acariciou meu rosto.

— Tenho. Eu vou ficar bem, obrigada.

Despedi-me delas e desci do carro. Arrasada, no refúgio do meu apartamento, atirei-me no sofá e fiquei encarando meu celular.

— Por que fez isso comigo, cafajeste? — Enfiei a cara em uma almofada e chorei mais um pouco. Depois enxuguei o rosto, respirei fundo e mandei uma mensagem a ele.

Como está o plantão?

Não houve resposta. Tive vontade de ligar, mas desisti. Queria conversar com ele pessoalmente, olhar em seus olhos e ouvir de sua boca o que estava acontecendo. Será que seria homem o bastante para me dizer a verdade?

Tínhamos combinado de nos encontrarmos no dia seguinte em minha casa. Eu esperaria, mesmo que isso me custasse uma noite de sono, pois certamente não conseguiria dormir.

Revirei na cama mil vezes e acordei acabada.

Passei o dia relembrando tudo o que tínhamos vivido. A cena de vê-lo sorrindo para a morena não me saía da cabeça.

Como fui tão tola?

Assim que Adriano chegou, tentei fingir uma expressão serena. Foi impossível.

— Oi, delícia! — Ouvi-lo me chamar daquela maneira fez meu sangue ferver. — Nossa, que cara é essa? Está acontecendo alguma coisa? — Fez menção de me acariciar, mas desviei-me do seu toque.

— Como foi o plantão? — perguntei assim que ele entrou, controlando-me para não xingá-lo.

— Ah, daquele jeito que você sabe — mentiu descaradamente.

— Engraçado, não sabia que você dava plantões no "Estupidamente gelada" — ironizei encarando-o. Ele não teria como fugir da conversa. Não dessa vez.

— Como? — Ficou pálido, sua voz vacilou.

— Eu o vi ontem à noite com uma morena no bar. — Arqueei a sobrancelha e empinei o nariz, desafiando-o. — Chega de mentira e enrolação, Adriano! — Elevei o tom da voz. — Quem é ela? Você acha que sou idiota?

— Cris, eu...

Para evitar que ele inventasse mais alguma desculpa, eu o interrompi:

— A verdade, por favor! — Meus olhos provavelmente faiscavam de ódio.

— Eu nem sei o que dizer... Desculpa ter escondido isso, mas é que... — Ficou reticente e desviou o olhar, mas segurei seu rosto. Forcei-o a voltar a me encarar.

— O que foi, Adriano? Anda! Fala logo, porra! — Sacudi os ombros dele, irritada, triste e com medo.

— Eu sou casado, Cristina. É isso! — falou exasperado, quase gritando.

— O quê? — esbravejei incrédula. Meu coração disparou, minhas mãos ficaram trêmulas. Eu queria matá-lo! — Achei que a tal morena fosse uma namorada, noiva, sei lá, mas casado? Adriano, como pôde fazer isso comigo? — Esmurrei-o, extravasando toda a minha dor. Ele não reagiu.

— Sei que fui um cafajeste, mas gosto muito de você. Meu casamento não andava bem, daí você apareceu... — Afundou as mãos no cabelo, parecendo perdido, a voz sumindo conforme falava. — Acabei me envolvendo mais do que pretendia... — A cada palavra, lágrimas transbordavam de meus olhos.

Merda! Merda! Merda! Que grande merda fui fazer com a minha vida?! Como fui tão burra?!

Martirizei-me.

— Já chega! — Dei um tapa na cara dele. — Quero que suma da minha vida e que esqueça ter me conhecido um dia! Fora da minha casa, agora!

— Mas...

— Não há "mas", Adriano! Está louco? Acha que vou aceitar ser sua amante? Nunca! — Apontei o dedo na cara dele.

— Espero que possa me perdoar um dia — falou baixinho enquanto saía. Eu fechei a porta atrás dele, expulsando-o da minha casa, tentando arrancá-lo de dentro de mim.

Sentei-me encolhida no chão e chorei.

Algumas vezes, quando Adriano sumia e não atendia nem retornava minhas ligações ou mensagens, eu chegava a ficar desconfiada de que pudesse mesmo ter outra mulher em sua vida. Nunca imaginei que fosse casado, apesar disso. Não quando ele sempre aparecia todo empolgado, cheio de tesão, e me fazia esquecer minhas preocupações.

A realidade assim, cuspida na minha cara, me feriu como a ponta de uma lança que atravessa o peito.

Dessa vez, eu tinha conseguido fazer a pior escolha da minha vida.

Deixei que o meu mundo particular desmoronasse. Chorei até não ter mais lágrimas.

Dormi por horas seguidas quando consegui me acalmar. Ao acordar, parecia que tudo tinha sido um pesadelo, mas meus olhos inchados e vermelhos no espelho me trouxeram a certeza de que, infelizmente, o que aconteceu foi real.

Capítulo 03

Depois da desilusão com Adriano, e de ter chorado muito, resolvi ficar quieta no meu canto. Enfiei a cara no trabalho, peguei alguns plantões extras longe da ala daquele desgraçado, que tentou me ligar e mandar mensagens várias vezes. De tão furiosa, não o atendi nem respondi. O que ele esperava? Mesmo evitando-o ao máximo, ainda estava destruída e por vezes me martirizava por ter sido tão cega e ter me envolvido sem qualquer certeza. Mas quem nunca se apaixonou pela pessoa errada?

Certo dia, quando estava indo embora, ele me abordou.

— Ei, espera, quero falar com você! — Teve que correr para me alcançar no estacionamento.

— Não temos nada para conversar. — Olhei-o determinada, empinando o nariz.

— Por favor, Cris, não me trate assim. Tenho sentido tanto a sua falta. — Segurou meus braços.

— Me solta! — Desvencilhei-me dele. — E não me venha com essa conversa fiada, Adriano. Acabou, ok? Aceite e me deixe em paz!

Ele me olhou espantado. Acho que não esperava minha reação. Talvez pensasse que eu fosse me render facilmente outra vez. Mas não seria assim. Não poderia ser.

Deixei-o plantado ali, dei-lhe as costas e corri para meu carro. Apesar de ter sido forte, por dentro estava morrendo. Ainda era difícil aceitar o que tinha acontecido. Eu tentava, como podia, juntar os cacos do meu coração partido por ele.

Depois daquele episódio, os dias foram passando e minha dor foi abrandando.

Algum tempo depois, em um plantão, encontrei-o no refeitório do hospital e nos cumprimentamos como estranhos. Segurei as lágrimas que queriam me trair. E me senti um pouco mais forte.

Foi difícil vê-lo. Desejava profundamente poder esquecer aquela desilusão tão rápido quanto a comecei. Ansiava mandar em meus sentimentos.

Comecei a trabalhar em dois turnos, ansiosa por ocupar minha mente. Saía de um plantão e entrava em outro, mal tinha tempo para dormir ou me alimentar direito. Levar a vida dessa forma pode se tornar uma ameaça constante à própria saúde. Não percebia isso e não aceitava quando minhas amigas tentavam me alertar. Queria fugir do mundo, queria fugir dos meus próprios pensamentos...

Em um dos meus plantões, acabei sentindo um mal-estar e me obrigaram a passar por atendimento médico.

— Você precisa descansar um pouco, mocinha, parece exausta! — advertiu o doutor Roger depois de me examinar. Estava com uma expressão séria e preocupada.

— O senhor tem razão, ando trabalhando demais e dormindo muito mal. Desculpe o transtorno.

— Não precisa se desculpar, mas quero que me prometa que vai cuidar mais de si mesma — respondeu gentil. — Estou prescrevendo um remédio para dormir, tome por uma semana. Também estou lhe dando um atestado de quinze dias. Aproveite para descansar, fazer uma pequena viagem, talvez.

— Obrigada, doutor Roger.

— De nada, Cris. Gostamos muito de você aqui no hospital. Se cuida, menina! — Despediu-se de mim com um aperto de mão e um sorriso. Ainda me olhava preocupado.

Do hospital, fui direto para casa e tentei dormir um pouco.

Na primeira semana de atestado, minha mãe veio passar uns dias comigo. Foi muito bom tê-la por perto, mas decidi não contar nada sobre Adriano. Estava com saudade, e só queria ser um pouco mimada.

Na semana seguinte, Nana e Tuca, que estavam de férias e viajariam para Porto Seguro, acabaram me convencendo a acompanhá-las. Por sorte, consegui comprar passagens de última hora, e elas ligaram ao hotel para providenciarem uma cama extra no quarto. Deu certo, e logo embarcamos para um descanso merecido.

Ao chegar à praia e colocar meus pés na areia clara e fofa, senti a água morna e compreendi que estava realmente precisando de folga.

Eu e as meninas nos divertimos bastante indo aos animados bares de Porto Seguro, onde homens lindos e bronzeados dançavam axé de forma sensual, exibindo seus músculos brilhantes de suor.

— Cris, acho que devíamos nos aproximar de alguma dessas rodas de gatinhos! — disse Nana toda entusiasmada, apontando à frente com a cabeça e tentando disfarçar o interesse, em vão.

Tuca foi logo concordando. Por isso, sendo minoria, meu voto era vencido. De qualquer forma, não desejava privá-las da paquera. *Eu amo essas duas!* Quero que sempre sorriam.

Demorou poucos minutos para um deles se apresentar à Nana. Fiquei feliz por vê-la se divertindo horrores, animada com a atenção recebida. Tuca era um pouco mais tímida, mas logo outro moreno sarado a atraiu para uma conversa.

Fiquei tranquila, na minha, dançando ao ritmo das levadas do axé. Bebia água de coco sem olhar muito para os lados, evitando qualquer aproximação.

Voltamos ao hotel para tomarmos um banho.

— Cris, combinamos com nossos respectivos gatos de sairmos todos juntos agora à noite. E você vai com a gente, ok? — As lindonas me informaram quando já estávamos de saída, para minha surpresa.

Beleza! Ficar de vela na praia era tudo o que eu estava precisando!

— Quero matar vocês! — Revirei os olhos, bufando irritada.

— Relaxa, vai ser legal! — exclamou Tuca, empolgada.

Fomos para um restaurante no centro da cidade; as duas com seus pares, e eu de vela!

Enquanto as meninas dançavam forró, agarradinhas com seus acompanhantes, um rapaz que estava sozinho começou a me olhar. Correspondi à atenção e, "em dois tempos", ele se aproximou.

— Olá, como estás? *¿Me puedo sentar con usted?* — Apoiou-se na mesa, inclinando-se com leveza e me encarando, sedutor.

O argentino era atraente. Aquele "portunhol" me mataria.

— Claro! Senta aí.

Depois de alguma conversa, convidou-me para dançar.

Fomos até a pista. Estávamos em sincronia ao som animado quando ele tentou me beijar. Não sei, acho que ainda não estava preparada para me envolver com ninguém... Era o meu tempo de ficar sozinha. Mesmo sem nunca ter beijado um gringo na vida, dispensei o gato.

Fomos embora, cantarolando pelas ruas, animadas.

— Mas o que aconteceu, Cris? Por que recusou o gatinho? — perguntou Nana, no meio do caminho.

Elas me olhavam confusas, o que me fez rir.

— Ah, sei lá... Estou querendo fugir de confusão. Quero curtir meu momento sozinha!

Elas ficaram caladas, o que me fez parar para olhá-las de frente. Pareciam me analisar.

— O que foi, gente? — Coloquei as mãos na cintura, fazendo graça.

— Você quem sabe, amiga — disse Tuca. — Pode até ser que essa coisa de curtir ficar sozinha faça algum sentido, mas acho mesmo que só se cura um mal de amor com outro amor!

— Deixa de bobagem — adverti, passando meus braços sobre os ombros de cada uma e voltando a caminhar.

Ao chegarmos ao hotel fizemos um lanche e ainda rimos e conversamos por horas antes de dormirmos.

Acordamos bem-dispostas e, após o café da manhã, fizemos um passeio para mergulhar com os peixes. Fomos de lancha até Recife de Fora.

Amei tudo. Amei estar em alto-mar, ficar ali por um tempo ouvindo apenas o barulho das ondas quebrando nos arrecifes e ter a cabeça submersa para admirar aquelas maravilhas da natureza. Foi lindo e relaxante.

Voltamos para o hotel em clima festivo. Tomamos banho e descansamos.

À tarde, seguimos novamente para o agito. Precisei negar muitos caras que me abordaram até, enfim, decidir apenas me sentar na areia, em frente ao mar, e apreciar a paisagem. Pensava na vida.

Achava que seria melhor me manter sozinha para refazer meu coração, mas esperava ainda encontrar alguém que cuidasse dele e me ajudasse a curá-lo de todas as decepções. Acreditava que o amor existia e poderia ser algo bom para ambas as partes, ser vendaval e calmaria.

Naquela noite, as meninas já estavam um pouco cansadas "do grude" de seus gatos baianos. Resolvemos ficar na piscina do hotel, apenas nós, depois de termos jantado por lá.

— Como você está, amiga? Já conseguiu tirar o Adriano do coração? — Tuca quis saber, e Nana me encarou interessada.

— Ah, ainda penso nele. Sinto falta de estarmos juntos, mas aos poucos vai ficando mais fácil lidar com tudo que aconteceu. — Só de mencioná-lo, já me sinto entristecida.

— Ei, não queria deixar você mal. — Nana acariciou minha mão.

— Tudo bem. Infelizmente, é difícil evitar a tristeza ao me recordar dele, mas está sendo ótima essa viagem com vocês.

— Sabe que pode sempre contar com a gente, não é mesmo? — Nana deu uma piscadinha e as duas me abraçaram.

— É claro que sei, meninas. Amo vocês! — Beijei o rosto de cada uma.

A folga rapidamente acabou e já era hora de voltarmos para nossa realidade. Ao sobrevoarmos aquele marzão lindo, despedi-me do Nordeste com paz no coração.

Na segunda-feira estava de volta à minha rotina. Mas, antes de dar o primeiro plantão, pedi liberação do segundo cronograma que eu loucamente havia arrumado.

Capítulo 04

Logo na minha volta, fui obrigada a ir novamente para a Primeira Sala, já que algumas funcionárias faltaram e a chefia necessitou fazer um remanejamento. Obedeci à ordem a contragosto. Ao chegar àquele enorme lugar de paredes brancas, vi Adriano suturando o braço de um rapaz que fora esfaqueado. Por sorte, os cortes eram superficiais. Ele me cumprimentou e sorriu. Eu apenas retribuí séria, sem qualquer simpatia.

— Enfermeira Cristina, pode vir até aqui? — o desgraçado me chamou, deixando-me sem opção.

— Em que posso ajudá-lo? — Tentei manter o ar de superioridade, erguendo o queixo, mas parece que não funcionou. Adriano me olhava com aquela cara que eu já conhecia muito bem. Tentava me seduzir...

Idiota!

— Por favor, pegue a tesoura e me ajude aqui, corte o fio para mim. — Apontou a mesa ao lado com uma postura que pareceu profissional, mas sua expressão carregava aquela velha centelha perturbadora.

Assim que terminamos a sutura, Adriano tirou as luvas sujas de sangue e segurou meu braço. Inclinou-se ao meu ouvido e sussurrou:

— Tenho sentido saudades suas...

— É mesmo? Não me diga! — Meu sangue ferveu nas veias, tive vontade de esmurrá-lo, mas me contive. Dei-lhe apenas um sorriso cínico.

Parece que meu tom sarcástico despertou ainda mais nele a vontade de me provocar. Nunca imaginei que Adriano continuaria a ser tão idiota, um babaca, mas uma coisa não podia ignorar: era mesmo muito gostoso.

— Vai querer negar que sente saudades? — A voz quente e macia me causou arrepios perigosos.

Ele continuava a segurar meu braço com firmeza, e eu lutava contra meus desejos. Meu corpo insistia em não entender que aquele homem era proibido para mim.

— Hoje à noite passarei na sua casa, às 20h, ok? — convidou-se com ousadia. Meu coração disparou, mesmo contra minha vontade.

Minha mente dizia "não", apitava o alerta de perigo, mas meu corpo não queria ouvir. Minha pele reconhecia o toque, o calor de Adriano, e o desejava.

Forçando uma expressão irritada, eu me desvencilhei da mão que me agarrava e me afastei, sem responder.

Que ódio de mim mesma! Sei que ele não presta, mas ainda mexe comigo.

Estava com raiva e decepcionada pelo modo como agi.

Burra! Burra! Burra!

Durante o almoço, sem pedir licença, Adriano sentou-se à minha frente, no refeitório. Olhei-o e arqueei a sobrancelha como quem diz: "Jura?".

— Não fica brava comigo, não! — Riu, aproximando sua cadeira da minha. — Tenho pensado tanto em você, em como era bom estarmos juntos... — Sua mão cobriu a minha.

— E sua esposa? — perguntei sem rodeios.

— O que tem ela? — Sua resposta murmurada me atingiu como um desafio.

— Estou falando sério, Adriano, porra! Não estou nem um pouco interessada em ser a outra novamente! — Tirei a mão debaixo da dele e afastei minha cadeira, furiosa.

— Calma, calma... Meu casamento não anda nada bem, quero me divorciar, quero você de volta, Cris! — A voz suave estava cheia de promessas. Ele projetava seu corpo para a frente, aproximando-se de mim, sem desviar seu olhar do meu.

— Então vamos fazer o seguinte: se divorcie primeiro, depois venha falar comigo! — sentenciei de forma ríspida e me levantei, decidida.

Saí pisando duro de raiva, deixando-o sozinho. Tenho certeza de que, se me virasse, eu o encontraria rindo.

Babaca!

Quando o plantão chegou ao fim, peguei minhas coisas e saí com pressa do hospital. Não queria reencontrá-lo no estacionamento.

Eu estava de carro e o trânsito mal evoluía. Passei o caminho ouvindo meu CD da Rihanna, tentando distrair a mente e não pensar no acontecido.

Quando cheguei em casa, tomei banho, vesti meu pijama de algodão preferido e preparei um macarrão para comer sentada em frente à TV.

Como já podia imaginar, às 20h meu interfone tocou. Pela câmera, vi que era Adriano.

Cara de pau!

Estreitei os olhos de raiva.

Deixei-o tocar e não atendi. Depois de muito insistir, de repente, o barulho parou. Aquietei meu coração e continuei minha refeição até que alguém começou a bater à minha porta.

— Cris, por favor, me deixe entrar! — gritava Adriano do corredor.

Era só o que me faltava! Maluco!

Fiquei irritada, mas, para evitar confusão com algum vizinho, achei melhor ceder. Ele estava lindo, de camiseta com gola em "V" cinza-escuro e calça jeans clara. Aquela roupa com um corte justo e moderno lhe caiu muito bem, evidenciando seu porte físico. Os cabelos estavam molhados, alguns fios descendo sobre o rosto que estampava um sorriso travesso.

Ao olhá-lo, senti um nó se formando em minha garganta. Tentei tanto fugir, esquecer, mas era difícil tê-lo à minha frente e não sentir nada. Eu ainda gostava dele. Infelizmente, a gente não manda nos sentimentos.

— O que você está fazendo aqui? — A voz saiu trêmula por causa da iminência do choro. — Por favor, vá embora.

— Shhh... — Deu um passo em minha direção.

— Não faça isso...

Ele deu outro passo e me calou com um beijo fervoroso, cheio de desejo, de saudade. Enquanto o beijava, as lágrimas rolavam por meu rosto e o sabor salgado da minha dor alcançou nossas bocas.

Sem desgrudar os lábios dos meus, fechou a porta atrás de nós e forçou meu corpo contra a parede.

— Senti sua falta! — sussurrou.

— Cachorro, safado, cafajeste! Me larga! — gritei esmurrando-o. Tentei me desvencilhar, mas foi em vão; primeiro, porque ele era muito mais forte; e segundo, porque eu costumava ser uma idiota quando ele estava por perto, então acabei sucumbindo aos seus encantos mais uma vez.

Enquanto me despia com destreza e rapidez, eu já estava enlouquecida e momentaneamente esqueci tudo o que ele aprontou. Deixei se perder em meus pensamentos, principalmente, o detalhezinho sórdido de que aquele maldito era casado.

Acabei me entregando a ele mais uma vez, e fizemos amor ali mesmo, do jeito que costumávamos fazer, com necessidade e urgência um do outro. Foi delicioso, apesar de muito errado.

Depois do sexo, ele me carregou e me deitou no sofá. Sentou-se colocando minha cabeça em seu colo. Acariciou meu rosto e sorriu.

— Eu senti muito a falta disso! De nós dois. É muito gostoso fazer amor com você — falou carinhoso, os dedos perdendo-se em meus cabelos.

Amor... Não me venha com essa!

Fechei os olhos, sentindo raiva de mim mesma por ter caído em tentação. Eu sabia que para ele nunca passaria de sexo. Para Adriano, nossa relação era apenas uma escapada divertida da rotina.

— Eu não devia...

— Shhh — interrompeu-me, agora acariciando meus lábios. — Não fala nada. Foi tão gostoso. Vamos aproveitar o momento.

— Eu não quero só um momento, Adriano! Será que você não entende? — Levantei meu corpo, agarrando-me ao pescoço dele e chorando magoada.

— A gente vai dar um jeito nisso! Vai ficar tudo bem. — Afagou meus cabelos e beijou minha testa.

Eu queria tanto acreditar em suas palavras, em suas promessas, que acabei dando um voto de confiança para ver que atitude ele tomaria.

Ainda transamos de novo, dessa vez com calma, aproveitando ao máximo um do outro.

Ele dormiu em minha casa. Eu passei a noite revirando-me na cama de um lado para o outro, sentindo-me culpada pelo que estava fazendo.

Na manhã seguinte, tomamos café juntos. Eu me permiti sentir alegria, ainda tinha a esperança de que Adriano estivesse falando a verdade, que se separaria para me assumir.

Despedimo-nos de forma carinhosa.

— Tchau, Cris! — Beijou meus lábios com ternura.

— Tchau... — Encarei-o tentando analisá-lo.

— Não me olha assim. Eu prometo que vou dar um jeito na minha situação. — Segurou meu rosto e me beijou novamente.

— Está bem... — concordei, minha boca ainda encostada à dele.

— Agora vá descansar. Eu preciso ir. — Deu-me um último beijo e saiu.

Depois daquele encontro, Adriano passou a me tratar com mais carinho e acabei aceitando-o de volta em minha vida, mesmo sabendo ser um erro. Ele ia me ver todos os dias, sempre levando mimos: flores, chocolates, vinhos, *lingeries*. Como um presente diário, também me iludia com novos discursos de que sairia de casa e se separaria, mas as semanas passavam sem qualquer sinal disso.

Ficamos um par de meses desse jeito, até que resolvi tomar vergonha na cara. Era óbvio que Adriano não deixaria a esposa para viver um relacionamento comigo.

— Quero falar com você. Pode ir lá em casa hoje à noite? — questionei ao encontrá-lo no refeitório do hospital.

— Claro. Está acontecendo alguma coisa? — Franziu o cenho, provocando uma ruga entre as sobrancelhas.

— A gente conversa à noite, agora tenho que ir. — Esbocei um sorriso e me levantei. — Já estou atrasada. Até mais tarde.

Depois do plantão, corri para casa, fiz um lanche e tomei meu banho. Não estava com vontade de me arrumar, então apenas vesti uma roupa confortável: calça de moletom e camiseta. Deixei os cabelos molhados, soltos.

Assim que o interfone tocou, já sabia que era ele.

— Oi! — cumprimentou quando abri a porta, estendendo-me uma caixinha de chocolate.

— Oi. Entra. Obrigada pelos chocolates. — Deixei o novo presente sobre a mesa.

Ele me seguiu e sentamos no sofá.

— O que está acontecendo, Cris? — Segurou minhas mãos e me olhou aflito.

— Me desculpa, mas não consigo mais viver assim.

— Do que você está falando? — Pareceu atordoado.

— Poxa vida! De nós dois, né, Adriano? — Sustentei seu olhar no meu. — Eu sonho em me casar, ter filhos, e você nunca será esse cara pra mim. Provavelmente, nunca largará sua mulher. Não é certo o que estamos fazendo. Não quero ser uma amante. Quero ser amada, ter alguém sem motivos para me esconder.

— Você tem certeza de que não quer mais? — Foi a única pergunta que me fez, olhando-me com uma seriedade incomum talvez procurando algum sinal de que eu estivesse blefando.

— Tenho sim, Adriano. Não é isso que quero pra mim.

— Está bem, Cris. Prometo que vou respeitar sua decisão. Você é uma mulher muito bacana, merece encontrar o que quer. Desculpe-me não ter podido ser mais pra você... — Desviou seu olhar e me envolveu em um abraço apertado. — Espero que seja feliz!

Por mais errada que fosse nossa relação, e por mais que suas atitudes fossem a de um cafajeste, soube que Adriano estava sendo sincero. A honestidade que faltou no início, ao menos, não faltou no fim.

— Eu vou ser, Adriano! E espero que você tome jeito. Nenhuma mulher merece ser traída, viver numa relação sem respeito. Repense o que quer da vida e tome uma decisão.

Ele apenas esboçou um sorriso e meneou a cabeça.

— Adeus.

Foi assim que "o amor" terminou para nós.

Capítulo 05

Chorei por uma semana após aquela despedida. Era pensar em Adriano que as lágrimas brotavam sem pedir licença. Mas fui me acostumando com a ausência dele, parecia um pouco mais fácil agora que esta era uma decisão minha. Por ter escolhido meu próprio caminho, sentia poder enfrentá-lo sem arrependimentos. Um dia, pensar ou falar sobre ele não fez meu coração doer. Encontrei-o no hospital e minhas pernas não tremeram nem meu coração se agitou. A vida seguia, como tinha de ser.

Nana e Tuca quiseram me matar na época que voltei a me relacionar com Adriano. Por sempre desejarem meu melhor, ficaram aliviadas quando souberam do fim.

— Amiga, não fica triste! Você fez o que tinha de fazer. Onde já se viu servir de amante para homem? Ah, não... Aquilo não estava certo. Você ainda vai encontrar seu amor verdadeiro! — Tuca me abraçou apertado.

— É isso mesmo, amiga, vai dar tudo certo! — Nana se juntou a nós num abraço triplo.

Eu tinha as melhores amigas do mundo, e sabia que poderia contar com elas.

— Vamos a uma baladinha no sábado? — convidou Tuca, toda animada.

— Estou com um pouco de preguiça de sair, mas sei que preciso disso. Vamos sim!

Fomos a uma boate nova e famosa em São Paulo.

— Uau, olha só como está isso aqui hoje, meninas! Cheio de gatinhos! — Nana deu uma voltinha analisando o local, seu comentário nos fez rir. — Acho que vamos nos dar bem.

— Só você mesmo! — exclamei e gargalhamos juntas.

A noite foi superdivertida. Bebemos alguns drinques, jogamos conversa fora e fomos abordadas por alguns rapazes, mas dispensamos todos. Queríamos apenas aproveitar a noite juntas.

Teve alguém que me chamou atenção, trocamos alguns olhares, mas depois não o vi novamente.

O tempo passava, e eu estava cada vez mais focada em meu trabalho, sem exageros dessa vez, e em cuidar de mim. Voltei a me exercitar e agora fazia yoga.

Acabei me dando conta de que tudo na vida passa, e de que somos mais fortes do que imaginamos. Capazes de nos refazer e dar a volta por cima.

Certa manhã, quando seguia para o trabalho de carro, cantarolando contente, percebi outro veículo avançar o sinal vermelho em alta velocidade e vir na minha direção. Não deu tempo de pensar em nada, apenas senti a colisão. Meu carro girou e parou a metros de distância. Perdi momentaneamente a consciência.

Acordei com a luz da lanterna de um bombeiro em minhas pupilas. Fiquei apavorada. Eu não estava sentindo nada, não conseguia mover meus braços nem minhas pernas. Eu me vi prensada na lataria retorcida, o *airbag* tinha sido acionado e estava sujo de sangue.

— Meu Deus, o que aconteceu? Não estou sentindo minhas pernas, moço! Por favor, me ajude! — Comecei a chorar. Tive muito medo do que pudesse ter acontecido à minha coluna, medo de ficar paraplégica.

— Acalme-se! — pediu o bombeiro, tentando me tranquilizar. — Sofreu um acidente, mas já vamos tirar você daqui e levá-la para um hospital.

— Sou enfermeira, gostaria de ser levada para onde trabalho.

— Vamos providenciar isso, mas agora procure respirar fundo e se concentrar em si mesma.

Apesar de me encontrar em uma situação apavorante, controlei o pânico. Os bombeiros precisaram serrar a porta para me retirar com segurança. Deitaram-me em uma maca móvel e me vestiram com o colar cervical. Fui levada de ambulância para o hospital em que trabalhava, como havia pedido.

Deram entrada da minha situação na Primeira Sala. Adriano estava de plantão e ficou agitado quando me reconheceu como a vítima. Correu em minha direção para saber como eu estava, examinou-me atenciosamente e pude perceber seus olhos se encherem de lágrimas ao cortar minha roupa e me apalpar em busca de lesões.

— Cris, vai ficar tudo bem! — falou baixinho, o olhar encontrando o meu. — Vou pedir umas radiografias, uma ultrassonografia abdominal e uma tomografia do crânio e da coluna. Daqui a pouco vejo você novamente.

— Obrigada — sussurrei.

Fiquei mais tranquila ao saber que estava sendo atendida por ele. Embora fosse um cafajeste no quesito "mulheres", como médico, Adriano era um excelente profissional.

Depois de ser submetida a todos os exames solicitados, fui reavaliada.

— Cris, acabei de ver os resultados. Pode ficar tranquila, está tudo bem.

— Ai, graças a Deus! Obrigada por cuidar de mim. — Só então me dei conta de que conseguia movimentar minhas pernas. Respirei aliviada.

— Não precisa agradecer. — Segurou minha mão, carinhoso. — Você teve algumas contusões e escoriações, mas não fraturou nada nem sofreu qualquer hemorragia. Fiquei preocupado com os órgãos internos, você sabe que ruptura de baço em acidentes de carro é algo comum, mas os exames estão normais. Pode se tranquilizar. — Sorriu, ainda mantendo minha mão envolvida à dele. — As tomografias do crânio e da coluna também estão normais. Você vai ficar dolorida por alguns dias, mas logo passará.

— A dor não é nada, posso suportar. Fico feliz por saber que não houve nada mais sério. Mais uma vez, obrigada. — Rompi nosso contato e sorri.

— Vou pedir para que façam alguns curativos e deixá-la em observação neurológica, ok? — O olhar de Adriano era doce e preocupado.

— Tudo bem — gemi ao me mexer na maca e sentir meu corpo dolorido.

Sentia-me dopada, talvez pelos fortes analgésicos. Fiquei preocupada com os ocupantes do outro veículo, mas me sentia tão fraca e com tanto sono que acabei adormecendo.

Passei o dia no hospital, dessa vez como paciente. Antes de terminar o plantão, Adriano veio me dar alta. Eu havia dormido e os analgésicos injetáveis aliviaram minha dor, então me sentia melhor disposta. Assim que ele se aproximou, perguntei:

— Sabe me dizer se alguém do veículo que colidiu com o meu se machucou? — Sentei-me na maca, ainda um pouco tonta.

— Só tinha o motorista. Ele fraturou a clavícula, teve que passar por cirurgia, mas já foi para o quarto e passa bem. Deve receber alta amanhã.

— Que bom que ninguém se feriu gravemente. Obrigada pelos cuidados comigo.

— Quando você chegou, fiquei assustado, com medo de ter se machucado mais seriamente. Estou aliviado por ver que não aconteceu nada grave, Cris. — Seus olhos se prenderam aos meus por alguns instantes.

— Mais uma vez, obrigada. — Fiquei sem jeito.

— Está de alta. Já vou liberar os papéis para você sair. Precisa que eu chame alguém para buscá-la? Ou posso levá-la, se quiser, meu turno já está terminando.

Arregalei os olhos com a oferta dele. Claro que não queria sua carona!

— Não é necessário, obrigada, daqui a pouco minhas amigas chegarão aqui. — Esbocei um sorriso.

— Tudo bem, então. Vá para casa e descanse.

— Pode deixar.

Adriano se afastou, seguindo em direção à sala de prescrição médica.

Logo que recebi os papéis da alta, veio uma enfermeira com quem eu trabalhava para retirar o acesso venoso do meu braço. Pedi que me levasse até o quarto do motorista envolvido no meu acidente. Queria me certificar de sua condição.

Encontrei-o de olhos fechados, então bati de leve na porta de seu quarto para conferir se estava acordado. O barulho chamou sua atenção, e ele olhou em minha direção. Era jovem e tive a impressão de que já o conhecia de algum lugar, mas não consegui me lembrar de onde. Ele estava com um curativo na testa e uma faixa em oito envolvendo os ombros.

— Olá! — cumprimentei um pouco tímida assim que entrei. — Como você está? Meu nome é Cristina, sou a motorista do outro carro...

— Estou bem. — Olhou-me assustado. — Um pouco dolorido. Passei por uma cirurgia na clavícula, mas não sofri nada grave. Fiquei muito preocupado com você. Como está? — Endireitou o corpo na cama. — Me perdoe por ter envolvido você num acidente, por ter destruído seu carro e tê-la machucado...

— O importante é que nada grave aconteceu, fique tranquilo. Está tudo bem, foi um acidente. — Aproximei-me dele querendo acalmá-lo.

— Eu estava correndo, distraído, preocupado com alguns serviços em uma obra... O sinal fechou e não percebi, passei com tudo. Não me lembro de mais nada. Me disseram que bati no carro de uma moça, uma enfermeira que trabalhava aqui. Estava angustiado por notícias suas. Disseram que estava bem, mas eu queria ver com meus próprios olhos — parou de falar para me observar por um longo e inquietante instante. Ele parecia nervoso e agitado.

— Como pode ver, estou inteira! — Apontei para mim mesma, divertida. Achei até engraçado vê-lo naquele estado de nervos.

— Pedi ao meu pai para acionar minha seguradora. Garanto que cobrirei todos os gastos com seu carro, com suas medicações e com o que mais precisar. — Sustentou seus olhos nos meus. — Venha até aqui, por favor. Tem um cartão meu em cima da mesinha, pegue, pode me ligar para o que desejar. A culpa foi toda minha, espero que possa me perdoar.

Ele estava tão apavorado e angustiado que cheguei a ficar com dó.

— Está bem. — Fui até a mesinha para pegar o cartão. — Vou anotar meu telefone e deixarei aqui com você. Assim que tiver notícias da seguradora sobre meu carro, por favor, me informe. Disseram que foi guinchado. Parece que conseguiram falar com seu pai logo após o acidente, e ele tomou as providências necessárias para desimpedir o trânsito, mandando rebocar nossos carros.

— Sim, meu pai fez exatamente isso.

— Está tudo certo então, pode ficar tranquilo. Você precisa descansar. Eu já vou. Fique em paz e boa recuperação!

Ele sorriu e se despediu de mim, ainda apreensivo.

Ao sair do quarto encontrei Nana, que veio me buscar. Ela me levou para casa, onde passou a noite cuidando de mim. Achei seu gesto um exagero, eu estava bem, não sentia nada diferente, mas ela se mostrava tão preocupada que não quis contrariá-la. Até gostei de ter alguém me paparicando.

— Está sentindo dor? Quer que eu pegue alguma coisa pra você? — Ajeitou as almofadas às minhas costas na cama.

— Estou ótima, amiga. Só me sinto cansada. Vou dormir. Não fique assim tão preocupada, você também precisa repousar. — Ajeitei meu corpo e segurei a mão dela carinhosamente.

— Vou trazer o colchão do outro quarto pra cá e dormirei ao seu lado, está bem?

— Não precisa. — Sorri e balancei a cabeça, sabendo que nada do que eu dissesse a faria mudar de ideia.

— Já volto! — Girou o corpo e saiu apressada.

Poucos instantes depois, ela entrava toda desajeitada carregando o colchão. Colocou-o o mais próximo possível da minha cama.

O telefone tocou.

— Atende pra mim? — Mal pedi e ela já saiu correndo em direção à sala, voltando logo em seguida.

— É seu pai. — Estendeu o telefone para mim.

— Obrigada!

— Vou sair pra você poder falar à vontade, mas estarei na sala. Qualquer coisa, é só gritar.

— Fica tranquila, amiga, obrigada. — Tampei o bocal do telefone ao respondê-la. Achava graça de tanta gentileza comigo.

— Oi, pai! — atendi, ajeitando-me no travesseiro.

— *Oi, filha, como você está? Estou preocupado. Suas amigas ligaram para sua mãe contando sobre o acidente. Queria ouvir sua voz.*

— Estou em perfeito estado, paizinho, só um pouco dolorida. Não aconteceu nada mais grave, não precisa ficar preocupado. Como está a mamãe? E meus irmãos?

— *Estamos todos bem, querida. Vou passar o telefone para ela, que está aqui do meu lado quase arrancando-o de mim.*

Ri imaginando a cena.

— Está bem. Fique com Deus. Amo você.

— *Também amo você, minha bonequinha.* — Mesmo crescida, ele não perdia a mania de me chamar assim. Eu achava fofo.

— *Oi, filha! Como você está?*

— Oi, mãezinha! Estou bem, fique tranquila.

— *Quer que eu vá passar uns dias com você? Está precisando de alguma coisa, filha?*

— Não estou precisando de nada, mas se quiser vir, vou adorar!

Conversei rapidamente com minha mãe, pois estava cansada. Ela se despediu prometendo se organizar para me visitar.

Acabei adormecendo assim que desliguei o telefone.

Adriano me deu sete dias de atestado, então ficaria em casa repousando. Nana e Tuca estavam dispostas a não sair de lá, e meus pais e irmãos ligavam a todo instante. Eu realmente me vi muito amada.

Dois dias depois da minha alta, recebi uma visita inesperada: Felipe, o rapaz do acidente. Eu estava sozinha, pois minhas amigas precisavam trabalhar.

Felipe chegou ao meu apartamento acompanhado do pai e com uma cesta enorme nas mãos.

— Oi, Cristina! Eu queria ver você de novo e me certificar de que está realmente bem. Pegue, isso é pra você, um pedido de desculpas — falou, meio sem jeito, assim que abri a porta. A cesta envolvia um vasinho de flores, chocolates, bolachas, que pareciam gostosas, e um monte de guloseimas. Nela, um cartão amarelo se destacava sobre bombons: "Perdoe-me". Foi a primeira coisa que avistei quando me entregou o presente, o que me fez expressar um sorriso sincero.

— Por favor, entrem. — Apontei o caminho. — É um prazer recebê-los aqui — disse sem muita certeza, enquanto mordia a bochecha internamente.

Sentaram-se no sofá e acomodei-me no pufe, de frente para eles.

— Como você está, menina? — O senhor Pedro, pai de Felipe, quis saber.

— Estou bem. Ainda um pouco dolorida, com alguns hematomas, mas só. — Sorri. — Aceitam uma água, café, alguma coisa? — Tentei ser gentil.

— Não se incomode com isso. — Fez um sinal negativo com a mão e sorriu simpático. Notei que pai e filho eram muito parecidos.

Observando Felipe à minha frente, tive novamente a impressão de já tê-lo visto. Mas onde? Não conseguia me lembrar. De repente, talvez flagrando meu interesse, ele me olhou de uma forma enigmática e uniu as sobrancelhas. Parecia também estar me reconhecendo de algum lugar. Percebi um sorriso querendo surgir no canto de seus lábios, que arquearam discretamente.

— Cristina, liguei para a seguradora hoje e me disseram que seu carro estará pronto em cinco dias úteis — falou ele.

— Que bom. É difícil ficar sem carro, sabe como é, né? — comentei sem jeito.

— Me perdoe não ter pensado nisso antes. Vou ver um carro reserva pra você... Ficar sem carro é mesmo complicado. — Pareceu constrangido.

— Está tudo bem. — Nossos olhos se prenderam.

No hospital, eu não havia reparado em Felipe, mas, nesse momento em minha casa, pude perceber que, mesmo com um micropore na testa, uma faixa em oito horrorosa, branca, ao redor dos ombros e com aquela expressão culpada, era um rapaz muito bonito. Alto, esguio, com os músculos dos braços definidos, moreno, cabelo castanho-claro curtinho, olhos de um azul penetrante.

Deus, que olhos são esses?

Fiquei até sem graça ao observar seu rosto. A boca também era atraente, bem desenhada e vermelhinha, os dentes, perfeitos. O rapaz mais parecia um modelo.

— Está mesmo tudo bem com você? — Felipe parecia me analisar e aquele quase sorriso, que me atraía mais do que devia, estava de volta.

— Está sim, obrigada. — Sorri sem graça.

— Eu nunca tinha provocado um acidente no trânsito antes, estou me sentindo muito culpado. Tem algo que eu possa fazer por você? — Sua voz era suave e solícita.

— Acho que não. Agradeço por perguntar. — Ajeitei meus cabelos para trás das orelhas, timidamente.

— Você trabalha naquele hospital há muito tempo? — perguntou o pai do rapaz.

— Já faz um tempinho. Gosto muito de lá.

— Ah, nós adoramos o tratamento que Felipe recebeu. Não é mesmo, meu filho? — Virou-se para Felipe enquanto falava.

— Sim. A equipe toda foi muito atenciosa, não tenho do que reclamar. — Voltou-se do pai para mim, e seus olhos se prenderam aos meus novamente. — Por falar nisso, tem alguém a ajudando? Você mora sozinha? — Observou ao redor, parecendo procurar vestígios de outros moradores em minha casa.

— Minhas amigas estão me ajudando. Ligam a todo instante e vêm algumas vezes para saber se preciso de algo. Elas também são enfermeiras — respondi sorridente. — Eu moro sozinha sim — completei.

— Que bom que suas amigas são enfermeiras!

— Ah, é sim! — Rimos um para o outro. — E você é engenheiro civil, correto? Li no seu cartão — puxei assunto.

Eu estava um pouco reticente com a presença deles, mas ao mesmo tempo queria que ficassem mais, que a conversa se estendesse. Desejava saber mais sobre Felipe. Aquele sorriso brincando em seus lábios enquanto me observava estava me enlouquecendo!

— Sou sim. Eu e meu pai trabalhamos juntos. — Seus olhos brilharam, pude perceber que o trabalho ao lado do pai era motivo de satisfação e orgulho para ele.

— Deve ser bom trabalhar com o pai. Eu adoraria ter o meu por perto! — Senti saudades de casa ao falar.

— Nos damos muito bem, né, velho? — Virou-se para o pai, divertido.

— Nos damos muito bem sim, filho. Não sei o que seria de mim sem Felipe ao meu lado. — A voz grave de Pedro era cheia de contentamento. — Bem, temos que ir. É bom que esteja melhor, menina! — Levantou-se e estendeu a mão em despedida. — Foi um prazer conhecê-la.

— Obrigada pela visita. O prazer foi meu! — Apertei a mão dele e observei Felipe, que se levantava do sofá com dificuldade.

O telefone do senhor Pedro tocou.

— Desculpe por isso, mas preciso atender. Vocês me dão um minuto? — Afastou-se de nós, caminhando em direção à janela.

— Fique à vontade — respondi simpática. Virei-me para Felipe, preocupada. — Precisa de ajuda?

— Obrigado, já consegui me levantar. Está um pouquinho difícil ainda, porque o ombro dói. — Diminuiu a distância entre nós e me estendeu a mão.

— Até mais! — Apertei de leve a mão dele, que era quentinha e macia. Um arrepio gostoso me percorreu.

— Adorei rever você e saber que está realmente bem. Qualquer coisa que precisar, por favor, me ligue. Você tem o meu número.

Eu me senti agitada, curiosa. Queria estender nossa conversa.

Para minha surpresa, Felipe deu outro passo à frente e falou baixinho, para que só eu ouvisse:

— Eu poderia ligar? Seria muito estranho se eu dissesse que gostaria de ver você de novo? — Mudou o peso do corpo de uma perna para a outra, parecendo igualmente inquieto. Estaria nervoso por mim?

Achei tão fofo!

— Claro! Pode me ligar sim. — Sorri. — E, Felipe... acho que será ótimo nos encontrarmos outra vez.

Ele sorriu também, satisfeito. Aproximou o rosto do meu e me beijou a face.

Seus lábios macios queimaram minha pele, acendendo algo dentro de mim. Arregalei os olhos assustada, mas muito empolgada. Acho que cheguei a corar.

O senhor Pedro havia desligado o telefone e nos olhava intrigado. Certamente fiquei mais vermelha do que estava por seu flagra.

— Vamos, filho?

Levei-os até a porta e acenei antes de fechá-la, observando-os chamarem o elevador.

Uau! O que mesmo acabou de acontecer aqui? Que rapaz interessante!

Respirei fundo para me recompor, antes de conseguir me concentrar em qualquer outra coisa.

À noite sonhei com Felipe, sem camisa, caminhando sorrindo em minha direção. Foi um sonho agradável, acordei bem-humorada. Senti vontade de vê-lo novamente. Peguei meu celular e enviei uma mensagem:

> *Bom dia! Espero que esteja melhor e tenha dormido bem...*
> *Cristina*

Ele respondeu no mesmo instante:

> Bom dia! Estou melhor. Sonhei com você.

Hum, pelo visto, nossos sonhos estão em sintonia, pensei empolgada. Outra mensagem logo chegou:

> Eu adoraria visitar você novamente, mas, mesmo morando sozinho, minha mãe se instalou aqui em casa. Mais do que

uma enfermeira, ela tem desempenhado um papel de cão de guarda e não vai me deixar sair, já fui avisado. Você poderia vir me ver? Já que estamos de repouso, que tal assistirmos a um filme juntos?

Fiquei subitamente feliz com seu convite e respondi sem hesitar:

Vou adorar! Às duas da tarde, pode ser?

Será que fui apressada? A verdade é que me encantei com a ideia de visitá-lo. Passei meses ao lado de alguém que não queria revelar mais de si mesmo por esconder ser casado, e agora Felipe parecia completamente disposto a abrir sua casa para me receber. Era uma diferença enorme de tratamento.

O celular voltou a apitar:

Pode sim! Ficarei esperando!

Enviou-me seu endereço e despediu-se. Parecia tão animado quanto me sentia.

Ao encarar a tela do celular com seus dados, a razão finalmente me atingiu e censurei minha atitude. Interessei-me pelo cara que quase me matou ao furar um sinal vermelho por distração...

Sou mesmo ridícula!

Capítulo 06

Às 14h, CHEGUEI À CASA DE Felipe.

— Que bom ver você! — Recebeu-me alegre, com um belo sorriso de satisfação. — Entre, por favor, sinta-se à vontade!

Achei o apartamento dele muito bonito. O sofá preto descolado na sala de visitas chamava atenção e, diante dele, havia duas poltronas revestidas em *patchwork*. Eu ainda estava olhando ao redor, encantada, quando a mãe dele veio até a sala. Sorrindo, Felipe nos apresentou de forma divertida:

— Cristina, esta é minha mãe, Ângela, minha enfermeira particular! Mãe, essa é a Cristina, a moça do acidente que lhe falei.

Cumprimentamo-nos gentilmente. Achei a mãe dele uma senhora muito simpática, tinha uma expressão cordial, os olhos eram azuis como os do filho, era alta e magra. Ela nos deixou a sós para fazer qualquer coisa em outro cômodo do apartamento. Imaginei que estivesse apenas sendo cortês.

Conversamos por algum tempo, então Ângela voltou com um lanchinho que parecia gostoso: minissanduíches, suco e pipoca.

— Filho, vou para casa e volto à noite. Se precisar de qualquer coisa, me ligue, está bem? — Aproximou-se dele e fez um carinho em seus cabelos.

Pude notar no rosto dela como se preocupava com Felipe.

— Tudo bem, mãe. Vá tranquila. Estou bem acompanhado! — Piscou para ela, mas seu comentário me fez corar.

— Até mais tarde, filho. — Beijou o topo da cabeça dele e, em seguida, estendeu-me a mão. — Foi um prazer conhecer você, Cristina.

— O prazer foi meu. — Levantei-me para me despedir de Ângela.

Quando ela saiu, sentei-me de volta ao lado de Felipe.

— É muito bom ter alguém que nos ame cuidando da gente, mas minha mãe às vezes exagera — falou meio sem graça.

— Dá para ver o quanto ela está preocupada com você, mas não fique constrangido. Acho isso muito bonito. — Sorri tranquilizando-o. — É uma pena a minha mãe morar longe.

— Onde seus pais moram? — Olhou-me interessado.

— Numa cidadezinha a cerca de trezentos quilômetros daqui. Por conta da minha vida corrida, acabamos passando mais tempo sem nos vermos do que eu gostaria... — respondi. A saudade da minha família começava a apertar meu peito.

— E suas amigas continuam cuidando de você? — Ajeitou o corpo no sofá e, ao sustentar seu olhar no meu, parecia querer me decifrar. Aqueles lindos olhos azuis penetravam minha alma.

— Elas têm suas vidas e seus empregos, mas me ligam o dia todo e dão uma passadinha para me ver durante o almoço, às vezes ao final do dia. Não gosto de dar trabalho a elas, mas são as únicas pessoas que tenho aqui. — Senti-me triste ao constatar o quanto minha vida andava solitária, e acho que meu semblante revelou isso.

— Ficou triste de repente? Foi algo que falei? — Olhou-me preocupado, abaixando o tom de voz.

— Não foi nada, mas é que... Ah, deixa pra lá! — interrompi o que ia dizendo, tentando espantar a tristeza que começava a me dominar. Não queria parecer sensível demais.

Percebendo que eu não estava bem, Felipe se aproximou mais um pouco e segurou minhas mãos com carinho. O toque foi gostoso e novamente senti um arrepio bom me percorrendo, como no dia anterior, em minha casa.

— Sou um ótimo ouvinte! — incentivou-me a continuar.

Sorri por seu jeitinho carinhoso e resolvi abrir meu coração. Era agradável poder conversar.

— Às vezes me pego perguntando onde errei. Imaginei que a esta altura da vida teria alguém ao meu lado, namorado, noivo, alguma perspectiva de um futuro a dois, essas coisas, entende? Tenho medo de nunca encontrar isso... — Arqueei as sobrancelhas, encarando-o.

— Esse é seu maior medo? Digo, a solidão? — Fez movimentos circulares com seus polegares em minhas mãos, o que me trouxe imediatamente uma sensação de conforto.

— É sim. Estranho isso, eu nunca havia falado sobre meus medos com ninguém, mas estou me sentindo à vontade contando pra você. — Mantive meu olhar fixo ao dele, encarando aquela imensidão azul que, de alguma forma, me trazia paz.

— Todo mundo tem seus medos, Cris. Posso chamar você assim?

— Claro! Muitos me chamam dessa forma. Fique à vontade. — Sorri, e ele sorriu de volta. *Lindo!*

— Eu também tenho os meus medos. — Soltou suas mãos das minhas para, mais uma vez, ajeitar seu corpo no sofá.

— Quer que eu o ajude? — Levantei-me e peguei uma almofada para colocar nas costas dele, acomodando-o melhor.

— Obrigado por isso. O ombro ainda dói e parece que não consigo encontrar uma posição confortável por muito tempo.

— Não foi nada.

Sentei-me novamente, dessa vez ainda mais próxima a ele do que antes. Era inevitável, eu não conseguia me manter distante daqueles olhos e daquele perfume suave.

— Então me conte — prossegui, tentando desviar alguns pensamentos inquietantes que começavam a dançar em minha mente. — Quais são seus medos?

— Sempre tive medo de não ser bom o suficiente, entende?

Franziu o cenho, o sorriso sumindo nos lábios. Deus, como ele ficou ainda mais bonito sério! Apenas assenti com a cabeça para que continuasse, extremamente interessada e envolvida pela conversa.

— Sei lá, medo de não conseguir atender às expectativas do meu pai. Sou filho único, sempre senti falta de um irmão, e sei que ele gostaria de ter tido outros filhos. Minha mãe não pôde engravidar depois de mim. — A voz soava embargada pela emoção. Senti pena dele, vontade de abraçá-lo. Mas me contive e silenciosamente o incentivei a continuar: — Acho que meu pai depositou todas as suas expectativas em mim. Sei que não fez por mal, mas não foi fácil carregar esse peso todo, uma vida inteira, nas costas.

— Eu sinto muito. — Ajeitei os cabelos atrás das orelhas sem saber exatamente o que responder. — Digo, por não ter tido irmãos e por se sentir assim tão cobrado. Talvez seja só uma fantasia essa cobrança toda, não acha? — Procurei as mãos dele e as segurei. Estavam frias.

— Ah, não sei... — objetou reticente. — Pode até ser que eu, na verdade, é que sempre me cobrei. Procurei seguir os passos dele, porque o admiro e acho que ele gosta de saber que eu me interesso por seu trabalho, pelos negócios da família.

— Felipe, conheço você há pouco, mas já deu para perceber que é uma boa pessoa, e muito provavelmente seja um bom filho. Não faça isso consigo mesmo. Não se torture dessa forma! — Quando dei por mim, já o tinha envolvido em um abraço. Ele correspondeu de forma carinhosa e aconchegante, mesmo que desajeitadamente por causa da imobilização nos ombros.

— Obrigado! — sussurrou.

— Não tem por que agradecer — respondi sem me desgrudar dele.

Quando nos afastamos, Felipe falou:

— Acredita que já tinha visto você antes?

— Jura? Bem que eu tive a impressão de que já o conhecia. Onde você me viu?

— Eu logo notei que tínhamos nos encontrado... Ontem, pensando em você, lembrei-me de tê-la visto naquela boate nova, na Vila Madalena. Você estava linda dançando com suas amigas, não consegui tirar os olhos de você, mas um amigo bebeu demais e passou mal. Precisei levá-lo em casa.

Sua resposta me surpreendeu.

— É verdade! Lembro bem de termos trocado alguns olhares e de você ter sumido depois.

Sorrimos juntos.

— Cris, você é mesmo maravilhosa! E não estou falando só do que vejo, mas do que sinto de você, do que transmite com seu olhar doce e esse jeitinho meigo. — Agarrou minha mão outra vez, deixando um beijo suave nos meus dedos. Instantaneamente senti meu corpo aquecer. Fiquei um pouco sem jeito, sem saber o que dizer.

— E o ombro, como vai? — mudei subitamente o rumo da conversa. Pude notar uma pontinha de frustração em sua expressão.

— Está melhor. Já não sinto muita dor, apenas um desconforto pela imobilização. — Sorriu. — Quer lanchar?

— Quero. Esse lanche da sua mãe parece gostoso. — Sorri de volta para ele, resgatando o humor da interação.

Ficamos por alguns minutos em silêncio, apenas saboreando nossos minissanduíches.

— Onde posso deixar isso? — perguntei me levantando e recolhendo os pratos e copos, depois que terminamos.

— Não precisava se preocupar, mas já que está me ajudando, pode levar até a cozinha. — Levantou-se para me orientar, logo pegando a jarra de suco e a vasilha onde estava a pipoca. — Essa pipoca me deu vontade de assistir a um filme, o que acha da ideia? Afinal, convidei você para um filminho, não é mesmo? — Estava animado, sorrindo feito criança.

— Se não for atrapalhar você, eu adoraria! Não tenho nada para fazer em casa mesmo — respondi assim que entramos na cozinha. Eu me encaminhei até a pia para deixar a louça suja.

— Tem um filme que aluguei no serviço *on demand* e queria ver: *A teoria de tudo*. Já assistiu? — Aproximou-se de mim junto à pia e pude sentir, por uma fração de segundo, seu hálito quente contra meus lábios, o que me deixou desconcertada.

— Não ainda, mas também estou louca para vê-lo! — Respirei fundo para me recompor e, naquele momento, percebi que Felipe me analisava. — O que foi? — perguntei curiosa.

— Nada. Quero dizer... — Fez uma pausa, e não pude evitar admirar seus olhos de um azul cristalino enquanto me encarava.

Percebo claramente o que ele faz comigo, e tenho medo de viver com Felipe o mesmo destino. Será que devo me entregar ou recuar? Ele vai me machucar um dia?

— Você é encantadora. — Acariciou meu rosto com um leve toque que ganhou meu coração um pouco mais. Seu olhar era puro desejo e me queimava. Fiquei ansiosa e incrivelmente excitada.

Respirei fundo.

Ele sorriu.

— Vamos até a sala para vermos o filme então? — chamou, logo voltando a segurar minha mão como se não tivesse acabado de tirar meu chão com o que fez segundos antes.

— Vamos sim! — Não rompi o contato, e uma inquietação cresceu em mim.

Fomos até a sala. Sua mão já não estava gelada, era macia e grande contra a minha. Desejei que não nos soltássemos tão cedo, ou que ele o fizesse apenas para seus dedos passearem pelo meu corpo...

Ele ligou a TV e selecionou o filme. Assistimos sentados no sofá, ao lado um do outro.

O cheiro de Felipe estava me embriagando e minha vontade era de que o filme não acabasse. Por várias vezes o percebi me olhar. Eu devolvia sua atenção, mas não trocamos nenhuma palavra.

— Lindo filme, perfeito e emocionante! — falei quando os créditos começaram a aparecer na tela. — Adorei assisti-lo ao seu lado — completei sem disfarçar minha empolgação.

— Eu também adorei o filme, e adorei ainda mais a companhia. — Acariciou minha mão, deixando-me enlouquecida. — Você tem namorado? — Sua pergunta inesperada me pegou de surpresa.

— Não — quase gaguejei e, nervosa, acabei soltando a mão dele. — Meu último relacionamento não terminou muito bem. — Senti subitamente uma pontinha de tristeza.

— O que aconteceu? Se não quiser falar, vou entender. — Olhou-me preocupado.

— Não tenho problemas em contar, apesar de me entristecer um pouco. Acabei me envolvendo com um cara, que depois de três meses descobri ser casado.

— Nossa! Que horrível! — Pareceu indignado. — Mas você nesse tempo todo não desconfiou de nada?

— Bem, até desconfiei haver algo errado com ele, mas estava apaixonada e acabei me deixando levar por suas mentiras. Ainda me culpo por ter feito papel de idiota. — Esbocei um sorriso sem graça.

— Ah, não se culpe. É difícil entender as razões do coração. Quando ficamos apaixonados, acabamos agindo de maneira que, às vezes, nem nos reconhecemos. Isso pode ser bom, mas também pode ser ruim, como foi no seu caso. — Segurou minha mão novamente, percebi que ele gostava de fazê-lo. Seu toque foi reconfortante.

Tive vontade de abraçá-lo e beijar sua boca, tamanha era sua gentileza. Precisei respirar fundo para me conter.

— E você tem namorada? — Aproveitei a oportunidade para perguntar, pois realmente queria saber.

— Também não — seu semblante se contraiu ao falar, ficando sério. Triste, talvez. — Meu último relacionamento também foi um desastre. Namorei por quatro anos uma moça que me largou para ficar com meu melhor amigo, acredita? — Sua confissão me deixou sem reação. — Bem, pelo menos eu o considerava assim antes de saber, mas é claro que a recíproca não era verdadeira, não é mesmo?

A pergunta soou retórica, então não ousei responder. Apenas meneei a cabeça.

— Descobri que o caso deles já durava cerca de um ano, foi uma decepção muito grande. Desde então, estou sozinho. — Ficou cabisbaixo pela confissão. — Acho que nós dois formamos uma bela dupla de dedos podres!

Rimos da brincadeira.

— Antes do cara casado, tive um namorado que acabou assumindo ser gay, pode? — contei para descontrair o clima, pelo menos um pouco, com a minha má sorte. Afinal, nada como a desgraça alheia para espantar nossa própria tristeza e recuperar o humor. Nunca estamos sós quando se trata de fracasso, é o que dizem por aí. Acho que funcionou com Felipe, pois meu relato o fez dar uma bela gargalhada.

— Acho que o páreo de relacionamentos fracassados está bem disputado entre nós dois! — Gargalhamos mais uma vez.

Conversamos por horas. Felipe era o tipo de cara lindo, inteligente e bom moço.

— Bem, eu preciso ir. — Levantei-me do sofá, ficando de frente para ele.

— Não vá ainda. Fique mais um pouco... — A voz saiu suave, um pouco rouca. Enquanto o via se levantar para se aproximar de mim, repentinamente desejei aceitar seu pedido.

Felipe diminuiu ainda mais a distância entre nós e segurou meu rosto. Meu coração disparou e minha respiração perdeu o ritmo quando seus lábios encontraram os meus. Beijamo-nos sem pressa, interessados em explorar a boca um do outro, sentir o cheiro, o gosto. Foi um beijo delicioso. Melhor do que eu poderia esperar, diferente de todos os outros. Enquanto nos beijávamos, senti uma paz enorme me invadir e um desejo de que sua boca nunca mais desgrudasse da minha...

Quando o beijo terminou, ambos ficamos sem jeito, mas seu olhar embevecido denunciou compartilharmos o prazer do momento. Em seguida, despedimo-nos atrapalhados. Pedi um táxi por um aplicativo no celular, assim que saí do apartamento dele.

No caminho de volta para casa, não conseguia parar de pensar em Felipe, naquele beijo, em seu jeito despretensioso de ser, tão educado e atencioso, deixando-me à vontade de uma forma que eu ainda não estava acostumada a ficar na presença de um homem. Nem vi o tempo passar. Quando me dei conta, o taxista já estacionava em frente ao meu prédio.

Assim que entrei, liguei para Nana. Precisava conversar, contar o que estava sentindo.

— Oi, amiga, tudo bem com você? — perguntei alegre quando ela atendeu, ainda trancando a porta de casa.

— *Oi, Cris! Tudo bem! E você, como passou o dia?*

— Estou bem. Não estou sentindo nada de diferente, antes que pergunte. Bem, na verdade, amiga, estou sim... — Um sorriso escapuliu de meus lábios. — Fui até a casa do Felipe hoje.

— *O rapaz da batida no seu carro?* — Sua voz era de espanto.

— O próprio!

— *Foi fazer o quê* lá? — Soou incrédula e confusa.

— Ele me convidou para assistirmos a um filme, e eu aceitei. — Deixei meu corpo desabar no sofá.

— *E como foi?*

— Conversamos por horas e você vai pensar que enlouqueci, mas não posso negar ter ficado bastante interessada nele! — Abafei um risinho tolo.

— *Meu Deus, não me diga isso!*

— Estou falando sério. E tem mais...

— *Então conta!*

— Na hora de ir embora, ele me beijou! — Senti-me empolgadíssima ao compartilhar, meio tola talvez.

— *Não acredito nisso, Cris! Sua vida está muito agitada, não?* — *Ela riu.* — *Me diga aí, o que achou do beijo? Pela empolgação na sua voz, você gostou, né?*

— Ai, Nana, adorei o beijo, adorei conhecê-lo melhor! — Enfiei minha cara numa almofada, rindo.

Pude ouvir alguém chamar Nana, então percebi que poderia estar interrompendo algo importante.

— *Depois quero saber mais, estou ocupada agora, querida. Tenho que desligar. Se precisar de qualquer coisa, é só chamar!*

— Vai lá, amiga, depois a gente se fala...

Fiquei um tempo deitada no sofá, pensando em Felipe. Antes de me recolher ao quarto, mandei uma mensagem para ele.

Adorei passar a tarde com você!

Percebi que a mensagem chegou, mas ele não a visualizou. Depois de alguns minutos, verifiquei novamente o celular... Nada ainda. Apesar da empolgação, estava cansada e acabei adormecendo rapidamente, logo que me deitei em minha cama.

Felipe me ligou pela manhã. Ainda era cedo, estava sonolenta, mas ouvir novamente sua voz me deixou empolgada. Fiquei me lembrando de nosso beijo enquanto nos falávamos, e não conseguia tirar o sorriso da cara. Ainda bem que ele não podia me ver!

— *Bom dia, Cris! Como você está?* — Sua pergunta me fez feliz, adorava receber sua atenção.

— Bom dia! — Tentei não parecer animada demais. — Estou bem, e você? — Roí um cantinho da unha em ansiedade, poupando a coitada da minha bochecha.

— *Bem também. E fiquei melhor ainda depois de ler sua mensagem. Também adorei nossa tarde ontem! Cristina, você é uma mulher incrível. E beija muito bem!* — A voz era alegre, e ele parecia estar se divertindo com o que dizia.

Acho que fiquei muda por alguns instantes.

— *Você ainda está aí?* — perguntou, fazendo-me rir.

— Desculpe, estou sim! É que fiquei sem saber o que dizer — respondi tímida.

— *Ei, não precisa ter vergonha de mim. E por falar nisso, queria ver você de novo. Vem me visitar?*

— Eu adoraria, mas hoje tenho um compromisso — menti, incapaz de lidar com aqueles sentimentos confusos. Apesar de louca para reencontrá-lo, não queria precipitar nada.

— *Que pena!* — Havia decepção em sua voz. — *Mais tarde ligo novamente então, para saber como está sendo seu dia, porque o meu, pelo visto, será um tédio* — resmungou, fazendo-me rir novamente.

— Depois a gente se fala! Um beijo.

Era sexta-feira e eu, na verdade, não tinha nem companhia nem compromisso algum.

Burra!

Passei o dia sozinha assistindo à TV. Só no final da tarde é que Tuca veio me visitar, então contei sobre Felipe.

— Ai, amiga, desde aquele beijo não consigo tirar o rapaz da minha cabeça! — confessei preocupada, provocando seu gargalhar. — É sério! Para de rir! Não tive coragem de aceitar o convite para visitá-lo hoje...

— Só você mesmo, Cris! Mas por quê? — Deitou minha cabeça em seu colo e me fez cafuné.

— Juro que não sei responder, acho que tive medo. Ai, Tuca, ele parece tão perfeito que realmente fico pensando que deve ter algo de muito errado com ele. Você conhece meu dedo podre, não é?

— Ah, não, Cris! Não pense assim! Eu tinha certeza de que, em algum momento, você conheceria um cara legal... Quem sabe esse cara seja o tal Felipe?

— Será? — acho que perguntei mais para mim do que para ela.

— Fique tranquila, meu bem. Se tiver de acontecer, vai acontecer. Pode acreditar! Agora tenho que ir. Só vim para ver como você estava. — Ajudou-me a sentar, com delicadeza, e levantou-se logo em seguida.

— Ah, não! Mas já? Você não ficou nada! — protestei indignada, fazendo beicinho.

— Tenho que voltar para o plantão — justificou-se, olhando-me ternamente. — Vá me enviando notícias dessa história e, qualquer coisa que precisar, me liga!

Despediu-se de mim com um beijo no rosto e foi embora.

No sábado pela manhã, Felipe me ligou.

— Bom dia! — atendi alegre.

— *Bom dia, Cris? Como você está?*

— Estou bem. E você?

— *Bem também, dentro do possível.* — Fez um breve silêncio. — *Na verdade, estou morrendo de vontade de ver você novamente. Almoça comigo? Minha mãe está aqui em casa, prometendo fazer um cardápio gostoso se você vier.*

O convite me encheu de entusiasmo, que contive para não revelar quão absurdamente Felipe mexia comigo.

— Sendo assim, me parece irrecusável — falei divertida e ambos gargalhamos.

— *Ao meio-dia fica bom pra você?*

— Fica sim! Até mais tarde.

Despedi-me dele sentindo um frenesi gostoso. Estava louca para vê-lo novamente.

Quando cheguei, ele foi me receber à porta. Ao encontrar seus lindos olhos azuis, meu coração me traiu completamente. Parecia se rebelar contra qualquer tentativa de controle.

— Oi! Você está linda! — Aproximou-se de mim e beijou meu rosto bem no canto da minha boca, deixando-me subitamente ofegante. Senti meu corpo todo aquecer. Desejei mais que tudo ter seus lábios nos meus novamente, e sua língua em contato com a minha, e muitas outras coisas mais ousadas.

— Obrigada. — Ajeitei os cabelos, tentando me recompor.

— Entre, venha! — Estendeu-me a mão, que eu segurei com o maior prazer.

Assim que entramos, senti o cheirinho gostoso de comida caseira.

— Oi, Cristina! Que bom revê-la. O almoço já está pronto — cumprimentou-me Ângela com um beijinho no rosto. — Sentem-se à mesa que já venho servi-los.

— Quer ajuda? — Quis ser gentil e prestativa.

— Não precisa, querida. Obrigada. — Virou-se em direção à cozinha e logo voltou com uma travessa recém-tirada do forno.

Sentamo-nos os três, a conversa fluiu natural e agradável. Ângela era uma pessoa fácil de se gostar e cozinhava como ninguém. Preparou uma lasanha de lamber os dedos. Nunca imaginei que aquela mulher tão fina e elegante dominasse a culinária. Fiquei surpresa, de uma forma boa.

Depois de comermos, ela nos deixou a sós e disse que voltaria à noite. Fiquei a tarde toda na casa de Felipe. Conversamos muito e assistimos a outro filme, um das antigas.

Quando o filme terminou, Felipe virou-se para mim e acariciou meu rosto, fazendo meu corpo estremecer.

— Por que estava fugindo de mim? — Seus olhos grudaram nos meus.

— Fugindo? Eu não... — Ia inventar uma mentira qualquer, mas ele arqueou uma sobrancelha e sorriu, denunciando que não acreditaria no que eu estava prestes a dizer.

Como ele podia me conhecer assim em tão pouco tempo?

— Ah, não me olha assim, vai... — Sorrimos juntos. — Tive medo de estarmos indo depressa demais. Fiquei um pouco atordoada depois do nosso beijo.

— Eu também fiquei atordoado, Cris. Você não sai da minha cabeça...

Lentamente se aproximou até que seus lábios tocaram os meus. O beijo começou suave, devagar, delicado, mas foi tomando força e urgência. Desvencilhei-me dele, assustada com o que estava sentindo.

— O que foi? Fiz alguma coisa errada? — Olhou-me confuso, preocupado.

— Não! Imagina... É que... acho que precisamos ir mais devagar. — Esbocei um sorriso e desviei meu olhar, sem graça.

— Desculpe se fiquei empolgado demais, mas é tão gostoso beijar você. Fique tranquila, não precisamos ter pressa pra nada. — Acariciou minha mão.

— Também não é assim, desculpe a minha reação. É que está tudo tão bom que chego a ficar com medo — falei baixinho.

— Não precisa ter medo. Na verdade, estou sentindo o mesmo que você. Acho que depois de tantos relacionamentos errados merecemos essa chance de experimentar algo descomplicado.

Aproximou-se novamente e nos beijamos com intensidade, até mesmo paixão eu poderia dizer. Meu corpo todo arrepiou no momento em que Felipe deitou-se sobre mim no sofá. Eu já estava úmida de desejo por ele quando sua ereção, mesmo presa na calça jeans, roçou minha barriga. Nossa atração era evidente e o beijo de Felipe, muito excitante. Quando nossos lábios se afastaram, estávamos ofegantes.

A cada minuto, meu anseio, interesse e encantamento por ele só aumentavam. Após acalmarmos os ânimos, ficamos conversando mais algum tempo. Era muito agradável perceber que gostávamos de ouvir um ao outro.

— Estou feliz que tenha vindo! — Aproximou-se para me dar mais um beijo depois de muito falarmos, o que retribuí de bom grado. — A gente combina tanto, não acha?

— Também acho — respondi baixinho, sentindo o coração repleto de alegria e paz. — Temos tanto em comum, sei lá, é estranho... É como se já nos conhecêssemos. — Virei meu rosto, procurando seu olhar.

— Também acho isso muito louco, mas estar ao seu lado me parece natural, como se fosse a coisa certa a fazer. Ah, e nossos beijos...

— O que tem nossos beijos? — perguntei num misto de vaidade, entusiasmo e curiosidade.

— Ah, Cris, você sabe, né? Nem sempre se encontra essa química assim, facilmente.

Senti meu rosto esquentar, com certeza fiquei vermelha.

— Você tem razão — sussurrei, o que o fez se aproximar e me encher de beijinhos por todo o rosto.

— Linda!

— Obrigada. — Sorri e beijei seus lábios, em um selinho delicado.

— Eu não tinha planos de me envolver novamente tão cedo, depois do que me aconteceu com minha ex, mas você apareceu... — interrompeu a fala, sem desviar os olhos dos meus. Naquele instante percebi o quanto era importante o que ele estava me dizendo, mesmo sem completar.

— Também me sinto feliz por estar aqui — confessei, ainda com um pouquinho de receio. "Gato escaldado tem medo de água fria", como costumava dizer minha mãe.

— Você já me perdoou pelo acidente? — Acariciou meu rosto, mudando o rumo da conversa e fazendo-me rir.

— Já perdoei, é claro! Foi um acidente, você se distraiu e aconteceu, não teve a intenção de me machucar. Na verdade, estou até um pouco grata por você ter furado aquele sinal vermelho, sabia, Lipe? Posso chamar você assim? — Acariciei seus cabelos.

— Pode. Claro! — Sorriu abertamente. — Então quer dizer que ficou um pouco grata? — Arqueou a sobrancelha, divertido, depois pegou minha mão e a beijou.

— Fiquei. Se não fosse assim, talvez nunca tivéssemos nos conhecido. — Aconcheguei meu corpo junto ao dele.

— Cris...

— Diga! — Levantei minha cabeça de seu peito para encontrar seu olhar.

— Não sei ao certo se está sentindo o mesmo, afinal, nos conhecemos muito pouco ainda, mas... — Estava todo atrapalhado ao falar, deixando-me intrigada. — Quer ser minha namorada? — perguntou totalmente sem jeito.

— Ah, que lindo! — Soltei um gritinho de felicidade e me agarrei a ele.

Será que os homens ainda fazem pedidos assim? Eu acho que ninguém mais pergunta se quer namorar, vai ficando até que os dois percebam ter virado namoro. Adorei ouvi-lo dizer que deseja um relacionamento comigo!

— É claro que quero! Quero sim. Venha cá me dar mais um beijo! — Puxei-o novamente para mim, feliz apesar de temer um pouco a velocidade com que tudo estava acontecendo.

Mas eu não podia nem queria fugir dos meus sentimentos. Eu estava completamente encantada por Felipe e disposta a conhecê-lo melhor, a viver aquele relacionamento que me deixava realizada e em paz. Pensava que, dessa vez, eu estivesse mesmo fazendo a escolha certa. Não queria arriscar perder a oportunidade de ser amada por um homem tão incrível quanto ele. E eu realmente queria isso.

Mesmo machucado de seu último relacionamento, Felipe também estava tentando ser feliz novamente ao lado de alguém, e fui a sortuda escolhida. Como ignorar a importância de seu pedido? Ele era diferente dos outros caras com quem eu já me relacionei, e eu tinha certeza disso, mesmo sem saber como.

Felipe sorriu e me abraçou, do jeito que deu, porque os ombros ainda estavam imobilizados.

— Quando você vai tirar isso? — Apontei para a faixa em oito.

— Ficarei mais duas semanas assim. Apesar de horrível, já estou me acostumando... — Fez beicinho de forma manhosa. Não resisti e mordisquei seus lábios.

— Ai! Isso doeu — resmungou sorrindo. Então me segurou pela nuca e tomou minha boca na sua, exigindo que minha língua acompanhasse a sua em movimentos muito sensuais. — Obrigado por ter entrado em minha vida. — Sorriu ofegante quando nos desvencilhamos.

— Agradeça ao destino — sussurrei extasiada. Em seguida, puxei-o pela nuca e busquei sua boca novamente.

Depois de alguns beijos, muita "pegação" e boa conversa, foi difícil me despedir dele. Beijamo-nos várias vezes à porta e falamos inúmeros "tchaus".

Ao sair, senti que estava deixando um pedaço do meu coração ali.

No domingo não nos vimos, e na segunda-feira voltei a trabalhar.

Os dias se passaram e na quarta-feira, à noite, Felipe veio me visitar em meu apartamento. Jantamos juntos. Preparei uma mesa bonita, coloquei *sousplats* vermelhos sob os pratos brancos e acendi velas em dois castiçais altos de bronze. O clima ficou bem romântico. Eu já não via a hora de ele tirar aquela imobilização. Estava cada dia com mais vontade de sentir o corpo dele colado ao meu.

— Adorei o jantar e a mesa estava linda. — Felipe segurou minha mão, assim que terminamos a refeição. — Você é uma mulher incrível! E uma ótima cozinheira! — elogiou, inclinando-se sobre a mesa para me beijar logo em seguida.

— Obrigada, Lipe, você está me fazendo tão bem! — Levantei-me e dei a volta na mesa para abraçá-lo, ainda sentado. — Venha — sussurrei ao seu ouvido, puxando-o gentilmente. — Vamos nos sentar no sofá um pouquinho, ouvir uma música...

— Vamos sim. — A voz era calma e doce, o que me deixava à vontade. Levantou-se e me abraçou do jeito que deu, por causa da limitante faixa em oito.

Olhei-o encantada, mas ainda guardava comigo o medo de descobrir algo muito ruim a seu respeito. Juro que nunca conheci alguém tão perfeito. Pelo menos, para mim, ele era perfeito.

Espero que o defeito dele não esteja na cama, por favor, isso eu não iria aguentar!

Revirei os olhos com o pensamento, então uma vontade de rir me invadiu e precisei me segurar.

— Está tudo bem? — Ele me olhava, curioso.

— Está sim, por que a pergunta? — Abracei-o por trás enquanto nos dirigíamos até a sala.

— Sei lá! É que, de repente, você ficou com uma cara engraçada e não disse nada. — Virou-se de lado para me estudar.

— Imagina, impressão sua, não foi nada. Acho que me distraí com alguns pensamentos. — Não falei a verdade, mas também não contei uma mentira, não é mesmo? Mudei de assunto ao perguntar sobre o estilo musical dele, nunca havíamos conversado a respeito.

— Ah, eu adoro rock! Tanto internacional quanto nacional, mas prefiro as bandas mais antigas, das décadas de 1980 e 1990.

— Eu também adoro! Apesar de também gostar de pop internacional, como Rihanna e Beyoncé — respondi animada. — Tenho um amor especial pelos nacionais! Gosto muito das letras do Leoni, Leo Jaime, Cazuza, Titãs... Acho que foi uma época de ouro para o rock nacional.

— Tenho que concordar com você. — Virou-me para ele, apertando-me contra seu corpo.

Pude sentir o ritmo da sua respiração elevando seu peito e foi uma sensação muito gostosa tê-lo grudadinho a mim. Acho que eu poderia facilmente passar o resto da minha vida nos braços de Felipe.

Cedo demais para pensar assim? Podia até ser, mas nesse instante não me importava.

— Vou colocar um CD do Leoni pra gente ouvir, pode ser? — perguntei empolgada.

— Claro, vou adorar. — Sentou-se no sofá, depois de me fazer um carinho no rosto.

Fui até o rack procurar o CD. Quando o coloquei para tocar e me virei, Felipe me observava. Sorriu assim que nossos olhos se encontraram.

— Venha aqui. — Estendeu-me a mão. Sua voz estava muito sensual, rouca e baixa.

Caminhei em sua direção e me sentei em seu colo, com delicadeza e um pouco de receio de abraçá-lo de mau jeito devido ao ombro operado.

— Está tudo bem, já não tenho dor. Não precisa ter medo de me abraçar — sussurrou contra meu pescoço, parecendo ler meus pensamentos e provocando-me arrepios bons. — Cris, quais são os seus maiores sonhos? — A pergunta surgiu depois de um beijo apaixonado.

— Conhecer o mundo — respondi deixando meus pensamentos viajarem.

— Gostei do seu sonho! E adoraria ser sua companhia. — Acariciou minha face, brincando de passear os dedos no contorno de meus traços. — Você já viajou para fora do país alguma vez? — perguntou voltando o olhar para o meu.

— Só viajei para a Argentina. Não conheço nenhum outro país. — Fiz beicinho, e Felipe sorriu.

— Eu morei fora do país para fazer intercâmbio. Estive alguns meses nos Estados Unidos e depois, em outra oportunidade, fiquei dois meses na Austrália. Também já viajei muito e você tem razão de querer fazê-lo. Acho que é uma experiência única, incomparável! Principalmente quando se viaja com tempo para conhecer a culinária, a cultura e os costumes locais. — Seu ar era sonhador.

Tão lindo!

— E você? Quais seus os sonhos, Lipe? — Acariciei os cabelos curtinhos dele.

— Promete que não vai rir? — Ficou tímido, inseguro talvez, o que me deixou curiosa.

— Eu juro! — respondi cruzando os dedos indicadores nos lábios. Ele riu abertamente.

— Eu tenho o sonho de fazer um curso para ser *chef* de cozinha! — Olhou-me um pouco envergonhado, e ele ficava uma gracinha assim, meio tímido. — E de casar na igreja, ter filhos... — completou em tom de confissão, os olhos azuis arregalados.

— Que lindo! — Dei um gritinho entusiasmado. — Não precisa ficar com vergonha, eu adorei seus sonhos! E adorarei experimentar suas receitas, pode ter certeza. — Envolvi meus braços no pescoço dele, que me puxou para um beijo. — Quanto à segunda parte — falei ainda na boca dele —, acho que nem preciso dizer que eu gostaria de ajudar a realizá-la, né?

Talvez fosse cedo demais para planos assim, ao lado dele, mas já estava imaginando a bela cena quando me dei conta.

— O prazer seria todo meu! — A resposta, sussurrada, foi seguida de outro beijo apaixonado. Cada centímetro de pele do meu corpo arrepiou por ele.

Ficamos longos minutos namorando no sofá da sala, conversando, trocando carinhos muito íntimos e confidências. Estava excitada, queria tê-lo, mas Felipe ainda se sentia desconfortável por causa da cirurgia recente. Conversamos a respeito e decidimos esperar mais um pouco.

— Quer dormir aqui? — Olhei para ele maliciosamente.

— Eu adoraria passar a noite com você, mas a última coisa que faria seria dormir. — Puxou-me para si, seu tom sedutor levando um formigamento ao meu ventre.

— Será que vamos aguentar esperar? — Toquei suavemente o ombro dele.

— Está difícil, mas acho que mais alguns dias serão suficientes para o osso calcificar. Vou perguntar para o médico na próxima consulta.

Beijamo-nos apaixonadamente, mais uma vez, e ele se despediu.

Quando Felipe foi embora, eu fiquei com seu cheiro em mim. Repassei mentalmente cada detalhe da nossa conversa e dos nossos carinhos, antes de conseguir dormir.

Na quinta-feira, meu carro ficou pronto e me senti tão feliz em revê-lo que, assim que o peguei, passei na casa de Felipe para mostrar o resultado do conserto.

Ainda dentro do carro, parada ante a portaria do prédio, liguei para ele.

— *Oi, minha linda!* — atendeu alegre.

— Oi, Lipe! Tudo bem?

— *Melhor agora.*

— Estou em frente ao seu prédio. Meu carro ficou pronto e vim mostrar a você. Pode descer aqui?

— *Descendo em um minuto!*

Desliguei e fiquei encarando o celular, contente.

Parece que, de repente, comecei a pensar em Felipe dezessete horas por dia. Nas outras sete, eu sonhava com ele. Eu adorava estar em sua companhia, receber suas mensagens, ouvir sua voz... Adorava nossos beijos e nossos carinhos.

É, acho que o amor me pegou de novo!

Ao vê-lo saindo da portaria, desci do carro e caminhei ao seu encontro.

— Que bom ver você, minha linda! — Abraçou-me e beijou minha boca.

— Fui buscar meu carro agora, estava com saudade e resolvi passar pra ver você. — Acariciei seu rosto, a barba estava por fazer.

— Vermelho! Combina com você. Nem me dei conta durante o acidente de que cor era seu carro.

— Também não me lembro direito do momento do acidente.

— Foi tudo tão rápido... Mas quer saber? Agora que passou e, graças a Deus, não nos ferimos gravemente, concordo com você.

— Sobre o quê? — Passei meus braços pela cintura dele, olhando-o curiosa.

— Sobre o fato de ser um pouco agradecida por eu ter furado aquele sinal — falou todo fofo e me beijou novamente.

— Às vezes, o destino tem um jeito estranho de fazer as coisas acontecerem, não é mesmo?

— Ah, isso é verdade! Somos dois sortudos capazes de dizer que há males que vêm para o bem.

Sorrimos juntos, beijamo-nos mais uma vez e me despedi dele.

— Mais tarde ligo pra você. Dirija com cuidado.

— Pode deixar! — Beijei-o uma última vez e entrei no carro.

Sorri enquanto dirigia de volta para casa, sentindo-me verdadeiramente feliz.

No domingo, meus pais me fizeram uma surpresa e vieram almoçar comigo, mas acabaram indo embora logo em seguida. Fiquei contente em vê-los, mas nada falei sobre Felipe, ainda era cedo.

Na semana seguinte, Felipe e eu nos falamos e nos vimos todos os dias.

Na segunda-feira, ele foi ao hospital para repetir o raio-X. Eu estava de plantão e não poderia vê-lo, mas ele me ligou assim que saiu de lá.

— Oi, Lipe! — atendi depressa ao ver que era ele a me chamar. — Como foi a consulta?

— *Foi ótima. Tenho notícias boas...*

— Ah, quais? Conta logo! — Acabei interrompendo-o, ansiosa por saber.

— *Fui autorizado a remover a imobilização. Segundo os médicos, o processo de calcificação do osso está dentro do que devia.*

— Que coisa boa! Estou muito feliz por você!

— *Eu também estou feliz, e aliviado!* — Seu tom de voz era empolgado. — *Gostaria de fazer um jantarzinho romântico para celebrarmos, em meu apartamento, hoje, você poderia ir?*

— Claro! Assim que sair do trabalho, passo em casa, me arrumo rapidinho e vou pro seu apartamento então... — Apesar de feliz com o convite, comecei a me sentir angustiada e ansiosa por nosso encontro. De alguma forma, sabia o que rolaria depois.

Assim que cheguei ao meu apartamento, tomei um banho rápido. Escolhi a *lingerie* mais sensual que eu tinha. Vermelha de renda. Pela primeira vez, eu sentia ser mesmo a Cristina em um relacionamento, e não outra pessoa diferente. Ao lado de Felipe, eu conseguia ser autêntica, sem receios, inseguranças ou disfarces.

A peça escolhida me caía bem, pois contrastava com minha pele clara. Coloquei um vestidinho vermelho para combinar, calcei salto alto e fui.

— Você está deslumbrante! — Foram as palavras de Felipe quando me viu ao abrir a porta. Senti que chegou a ficar sem fôlego.

Ambos sabíamos de nossas intenções. Ao ouvir seu elogio, e perceber seu olhar me devorar, senti uma onda de expectativa percorrer meu corpo.

— Obrigada — respondi baixinho, aproximando-me para um abraço. — Você também está lindo! — sussurrei ao seu ouvido.

Em nossa proximidade, senti que seu coração estava tão acelerado quanto o meu.

— Venha, vamos entrar — chamou com um sorriso bobo de felicidade, o que me fez retribuir da mesma forma.

Jantamos uma lasanha que a mãe dele deixou congelada e Felipe apenas colocou para assar. Como acompanhamento, um vinho tinto chileno delicioso, de uvas Carménère, minhas preferidas.

Ao fim da saborosa refeição, sentei-me no colo dele e comentei:

— Quando me contou seu sonho de fazer um curso de culinária, digo, "*chef* de cozinha" — corrigi, arrancando um riso gostoso dele —, imaginei que já soubesse cozinhar.

Apesar da aparente crítica, minha voz soou divertida e o enchi de beijos no pescoço, fazendo-o gargalhar.

— Infelizmente não sei cozinhar nada... Pelo menos não por enquanto. Como muito fora de casa, e as refeições que faço são sempre assim, pratos congelados. Por sorte, este foi feito por minha mãe, porque são industrializados na maior parte das vezes. Só os coloco no forno ou no micro-ondas. Espero não ter decepcionado você. — Levou uma mecha de cabelo que caía em meu rosto para trás da minha orelha.

— Claro que não! Estava só enchendo o saco. Acredite, esse jantar foi muito gostoso! — Beijei seu rosto.

— Seus cabelos são muito sedosos e cheirosos, e são tão fininhos! — comentou inalando o perfume dos fios e aproximando seu rosto do meu.

— Eles são finos mesmo, não gosto, queria que fossem grossos e pesados. Cabelos finos dão muito trabalho, são frágeis e quebradiços, mas ninguém nunca está satisfeito com o que tem, não é mesmo?

— Isso é verdade! É do ser humano sempre reclamar do que tem, aquela velha história de a grama do jardim vizinho ser sempre mais verde. A gente não devia ser assim, mas...

— Eu procuro não reclamar de tudo, não desejar o que o outro tem, mas inevitavelmente isso acaba acontecendo algumas vezes. Sei que é horrível assumir isso, mas acho que a vida vai nos ensinando a sermos mais resignados e agradecidos.

— Nada como o passar dos anos! — concluiu sorridente. — Temos medo de envelhecer, mas penso que o amadurecer traz mais vantagens do que desvantagens. Sei que ainda somos jovens demais para esse tipo de conversa, mas você entende o que quero dizer?

— Claro! Quando temos dezoito, vinte anos, enfrentamos muitas angústias e medos em relação ao futuro. Não sei se foi assim pra você, mas pra mim foi.

Acariciei seu rosto, aconchegando-me ao seu corpo.

— Eu nunca precisei me preocupar com dinheiro. Não quero parecer esnobe, mas a verdade é que eu nunca tive a necessidade de trabalhar para me sustentar enquanto estudava. O fato é que eu queria trabalhar por um desejo de crescimento e interesse pessoal.

— Eu precisei trabalhar desde muito nova. Queria muito fazer faculdade, mas minha família era humilde, não tinha condições de me sustentar aqui, então, desde que me mudei, foi necessário encontrar meios para sobreviver. As coisas foram dando certo e, com o tempo, pude ver que muitos dos meus medos não tinham mais razão de ser.

— Você é uma guerreira, Cris! — elogiou acariciando meus braços. — Desde que entrei para a faculdade, comecei a estagiar na construtora do meu pai. Queria aprender tudo dos negócios da família e queria fazê-lo sentir orgulho de mim — seus olhos azuis brilharam ao falar.

— Talvez muitos rapazes na mesma condição que você aproveitassem apenas para curtir a vida e se divertir, explorariam a liberdade de ser universitário sem responsabilidades, não? Vejo que você fez diferente, e isso diz muito sobre quem é.

— E você acha que fui tolo ou acha que agi certo?

— Não sei se existe certo ou errado para uma situação assim, mas sei que gosto de ver como escolheu viver de forma responsável, mesmo tão jovem. Você é realmente diferente. Diferente de um jeito bom! — Acariciei o rosto dele, que sorriu sem jeito.

Depois de conversarmos por um tempo, Felipe me chamou até a sala e colocou uma música romântica para tocar, então me tirou para dançar. Não estávamos com pressa, teríamos a noite só para nós. Eu dormiria lá. Dançamos a música toda coladinhos, sentia suas mãos passearem em minhas costas e provocarem meus instintos. Ambos estávamos excitados.

Comecei a desabotoar sua camisa azul-claro, ansiosa e feliz. Desde o acidente, Felipe só vestia camisas pela facilidade de colocá-las devido ao ombro operado. Achava-o lindo nelas. A peça de corte perfeito para seu corpo me parecia cara, por isso fui cuidadosa com cada botão. Deslizei minhas mãos por seu peito nu sentindo sua pele arrepiar, o que fez um sorriso malicioso surgir em meus lábios. Ajudei-o a retirar a peça de roupa completamente.

— Estou muito feliz por sua recuperação — sussurrei ao seu ouvido, ficando na pontinha dos pés, já que Felipe era bem mais alto que eu. Minhas mãos ainda acariciavam seu peitoral definido.

— Eu também, Cris! Pode apostar.

Abriu o zíper do meu vestido, deixando-o cair ao chão. Apenas de calcinha e sutiã à sua frente, minhas expectativas cresceram ao tê-lo por alguns instantes me olhando. Ele parecia admirar cada detalhe.

— Porra... — soltou num murmúrio torturado. Eu ri, percebendo não ter sido proposital. Então se aproximou e distribuiu um caminho de beijos da minha orelha à curva dos meus seios.

Gemi baixinho. Sorrimos um para o outro, cúmplices. Sentia-me especialmente bela com seu olhar tão cheio de desejo e seus carinhosos beijos.

Abri sua calça e o incentivei a retirá-la. Só de cueca boxer preta – lindo –, sua ereção ficava ainda mais evidente.

— Desejei tanto este momento — confessei sem pudor.

— Eu também. Tenho desejado isso desde que coloquei os olhos em você naquela boate, mesmo antes de nos conhecermos. — Beijou-me apaixonadamente. Desmanchei-me nos seus braços, entregue. Era toda dele.

Ficamos por um tempo abraçados apenas de roupas íntimas. Depois Felipe me pegou pela mão e me levou até seu quarto. Penso que, se pudesse, teria me carregado. Abriu meu sutiã e o retirou. Acariciou meus seios e os beijou delicadamente, elevando meu anseio por senti-lo inteiro contra mim. Nós estávamos loucos de excitação, as respirações ofegantes e os corações acelerados num mesmo compasso. As mãos que exploravam meu corpo faziam-me arfar de desejo.

— Você é perfeita, Cris! — falou entre um gemido e outro. — Eu amo você...

Sua declaração me trouxe lágrimas aos olhos, e o beijei desesperadamente.

— Também amo você — declarei quando nossos lábios se afastaram, encostando minha testa à dele.

Estávamos de pé, ao lado da cama. Felipe me deitou com cuidado e percorreu meu corpo com a boca, a imagem de seus lábios em minha pele era muito erótica.

— Perfeita! — O elogio foi seguido por mais uma trilha de beijos. Arfei, louca de prazer. Minha calcinha foi retirada e minhas pernas, delicadamente afastadas. Posicionando-se entre elas, sua língua encontrou minha intimidade e levou-me ao céu. Eu me contorci de pura luxúria. Seus dedos me invadiram logo em seguida, movimentando-se num vai e vem enlouquecedor.

— Amo e quero você, Lipe!

Ele não respondeu, ocupado em intensificar os movimentos e atender minha necessidade, levando-me ao clímax.Na mão dele, eu me perdi em uma sensação esplêndida de prazer.

Sentei-me e o observei, nu e disponível para mim. Lambi os lábios ao me aproximar, ansiosa por retribuir o que ele acabara de me dar. Quando o envolvi entre os dedos, seu longo gemido me encheu de satisfação. Quis fazê-lo perder o controle com minha boca, a saliva que o molhava a cada movimento revelava minha fome dele. Enquanto o sugava com ímpeto, conseguia senti-lo mais entregue ao frenesi do momento.

— Nossa, como sua boca é quente! — aprovou entre um gemido e outro. — Quero você, vem cá! — Puxou-me para seu colo. Sentei-me sobre ele e cavalguei, sentindo-me amada, desejada. Gozei mais uma vez, meu corpo explodindo num espasmo muscular poderoso, seguido de um relaxamento intenso.

"Uma pequena morte". Gozar é definido assim pelos franceses, e realmente foi o que senti: morta de prazer, desmanchada após ter visitado as estrelas e voltado para os braços do meu amor.

— Não tem nada mais lindo do que ver você gozar! — sussurrou quando meu corpo desabou sobre o dele. — Isso me deixa louco!

Antes que eu pudesse me recuperar completamente, Felipe me deitou de costas na cama. Posicionou-se sobre mim, penetrando-me de novo, acariciando meus seios, torturando deliciosamente meus mamilos com as pontas de seus dedos.

— Você é maravilhosa, Cris!

— Maravilhoso é você. Gostoso! — murmurei, um pouco fora de mim.

Ele se debruçou e me beijou ardentemente, enquanto intensificava as estocadas.

— Amo você! — falou mais uma vez e gozamos juntos, fundindo dois corpos e dois corações.

Adormeci nos braços dele, feliz. De repente, comecei a acreditar que príncipes encantados existiam, pois estava grudada a um nesse momento.

Quando abri os olhos na manhã seguinte, Felipe dormia feito um anjo ao meu lado. Sorri quase que involuntariamente e, talvez por ter me movido, ele acordou.

— Bom dia! — Espreguiçou-se e me olhou, parecendo encantado.

— Bom dia! O que foi? — Contornei o rosto dele com as pontas dos dedos.

— Como pode uma mulher acordar tão linda, depois de uma noite intensa de amor? — Beijou minha mão.

— Bobo! Devo estar descabelada e horrível! — Tentei ajeitar as madeixas com a mão livre.

— Está descabeladamente linda! — Puxou-me para si e beijou meus lábios em um selinho. — Vamos tomar café da manhã?

— Vamos, estou morta de fome!

Tomamos nosso desjejum e, sob uma ducha morna juntinhos, fizemos amor mais uma vez.

Tudo o que estava acontecendo era tão gostoso e belo que tive medo de acordar e, então, perceber não ter passado de um sonho bom.

O tempo passou, continuamos juntos, e a cada dia eu achava Felipe mais lindo, inteligente, carinhoso, educado, fogoso e excelente amante. Estar ao lado dele era maravilhoso, em seus braços descobri a sensação de estar em casa. Aprendemos juntos o que era amor de verdade. Esse amor confidente, sem culpas, sem medos, disposto a fazer tudo para agradar ao outro, para caminhar lado a lado. Eu seria capaz de fazer qualquer coisa por ele.

Saímos algumas vezes com Nana e Tuca, que rapidamente caíram de amores por Felipe. Também decidi contar para a minha família. Meus pais ficaram felizes ao saberem que eu estava namorando alguém capaz de me fazer sentir tão bem.

Capítulo 07

Eu e Felipe ficamos cada vez mais unidos. Ele logo voltou a trabalhar, e nas nossas folgas íamos ao cinema, passeávamos no shopping de mãos dadas, jantávamos em restaurantes... Eu me sentia a mulher mais feliz do mundo. Enfim, encontrei um namorado que não queria me esconder, que sentia orgulho de me exibir ao seu lado e que me amava com ardor, mas também com ternura e admiração.

Resolvi fazer uma surpresa para ele. Como disse ter interesse em aprender a cozinhar e não sabia fazer absolutamente nada na cozinha, decidi preparar algumas coisas para ensiná-lo o básico. Começaríamos, por exemplo, por cozinhar arroz, passar bife e outras coisas mais.

Comprei alguns ingredientes e aventais com chapéus de mestre-cuca. Convidei Felipe para jantar comigo, mas não contei que, na verdade, prepararíamos a refeição: essa era a surpresa. Quando o interfone tocou, corri para atendê-lo me sentindo empolgada, queria que ele gostasse. Ao abrir a porta, me deparei com ele sorridente, usando camiseta de gola polo listrada de branco, azul e vermelho, combinando com a calça jeans clara. Os cabelos curtinhos estavam arrepiados e seus olhos azuis cheios de doçura.

— Oi, Lipe! Venha, entre! — Puxei-o pela mão após um beijo em seus lábios.

— Você parece tão animada! — Abraçou-me por trás assim que me virei, dando um beijo em meu pescoço. A sensação foi incrivelmente gostosa e meu corpo logo o desejou.

Eu estava vestida com um macacão de malha preto, decotado nas costas e de gola canoa na frente. Era soltinho e, apesar de ser uma roupa barata, deixava-me com ar elegante. Prendi os cabelos num coque para que o decote ficasse à mostra, e para evitar que os cabelos atrapalhassem no momento de cozinhar. Devido à sandália rasteirinha, a diferença de altura era ainda maior; eu alcançava seu ombro.

— O que vamos comer? — Olhou-me curioso, assim que chegamos à cozinha.

— Hoje vamos comer um prato simples, mas você é quem irá preparar! — Sorri divertida.

Felipe arregalou os olhos, assustado.

— Você lembra que não sei cozinhar nada, não é mesmo? — Percebi o pânico na sua voz, acabei rindo.

— Hum-hum... — Balancei a cabeça afirmativamente. — Resolvi dar uma ajudinha em relação à sua dificuldade na cozinha. Já que tem interesse em aprender a cozinhar, achei que poderia fazer algo a respeito.

Ele me observou interessado dessa vez, curioso.

— Jura, Cris? — Parecia emocionado, como se eu querer ensiná-lo a cozinhar fosse algum sacrifício, a coisa mais difícil do mundo ou, simplesmente, algo que não esperava.

Na verdade, muito pelo contrário, eu tinha certeza de que seria um momento divertido e prazeroso ao seu lado.

— Não sei por que o espanto. Vai ser legal, Lipe! Vamos lá? Preparado? — Entreguei o avental e o chapéu para que vestisse.

— Não acredito que você comprou até um chapéu de *chef*! — exclamou num acesso de riso. — Caraca! Que demais! Você não tinha isso aqui, ou tinha?

— Não tinha. Realmente comprei para entrarmos no clima! — Sorri, vestindo meu próprio avental e chapéu. — Lipe, primeiro vamos lavar o feijão e colocá-lo para cozinhar, pois é o mais demorado e poderemos preparar outras coisas no processo.

Ele me olhava com atenção, visivelmente interessado em aprender, o que me deixou orgulhosa e feliz.

Colocamos o feijão para cozinhar e, em outra panela, água para ferver. Separei tudo que usaríamos sobre a pia e a bancada da cozinha. A primeira tarefa de Felipe foi cortar as cebolas.

— Sei que estou cortando isso como se estivesse em câmera lenta, não é tão difícil quanto imaginava, mas esse negócio está fazendo meus olhos arderem pra caramba. Mal consigo mantê-los abertos! Isso é assim mesmo, hein? — perguntou lacrimejante, fazendo-me rir.

— Quando demoramos para cortá-las, as cebolas liberam um gás que fazem os olhos lacrimejarem. Por isso quanto mais rápido, menor a chance de chorar!

— Ah, tá... — Tentava enxugar as lágrimas com as costas das mãos.

— Já percebeu como os *chefs* cortam cebolas de forma rápida? Tem um truquezinho para diminuir a liberação desse gás: deixá-las na geladeira ou no congelador pouco antes de cortá-las; e olha que eu deixei para você não sofrer tanto! — Entreguei, sorridente, um guardanapo para ajudá-lo com as lágrimas. — Lave as mãos antes de secar os olhos, senão irá lacrimejar ainda mais.

— Obrigado. — Deu-me um beijinho na boca e seguiu minhas instruções. — Quando estou de bobeira, gosto de assistir a programas de culinária e realmente fico pasmo com a velocidade de algumas pessoas ao cortar cebolas. Nunca imaginei que isso tivesse alguma relação com as lágrimas — falou enquanto secava os olhos, fungando.

Ele estava tão fofo como meu aprendiz de cozinheiro que não aguentei, aproximei-me para lhe dar mais um beijinho.

— Agora nós vamos refogar as cebolas com azeite. Tem quem goste de usar óleo, outros preferem azeite. Eu gosto muito do sabor do azeite na comida, então optei por ele hoje, além de ser mais saudável, né?

— Ah, eu também adoro azeite! Deixa eu fazer então! É só ficar mexendo isso com a panela no fogo? — Pegou a colher da minha mão, parecendo mesmo disposto a aprender assim que acendi a chama do fogão.

— Sim. Você mexe até as cebolas ficarem douradas e pode desligar um minutinho.

— Cris — chamou, fazendo-me virar para ele e me perder na imensidão de seu olhar azul.

— O que foi? — Sorri.

— Obrigado por isso! Acho que ninguém fez nada tão incrível por mim.

Ao vê-lo me agradecer por algo tão simples, fiquei comovida. Não sabia como foram os namoros de Felipe, além de sua decepção em relação à moça que o traía com seu amigo, mas minha impressão era de que realmente nunca fora amado como merecia. Ele era tão doce e fofo que eu custava a acreditar nunca ter vivido um relacionamento verdadeiro. Talvez, por ser rico, só tivesse atraído pessoas mais interessadas em sua condição do que nele mesmo. A sorte era minha por tê-lo conhecido solteiro e cativado sua atenção. Antes dele, também não tive sucesso no amor.

— Imagina, Lipe! Não me agradeça por isso. — Acariciei seu rosto e beijei sua boca, logo me afastando para não desconcentrá-lo.

Felipe se mostrou um ótimo aluno. Preparamos feijão de caldo, arroz branco, mandioca cozida, bife acebolado e uma salada de alface e tomate. Ele fez tudo sozinho. Eu só fiquei ao seu lado orientando e o auxiliando no que precisasse.

— Eu nem acredito que preparei esta refeição! — disse de boca cheia após a primeira garfada. — E isso aqui está uma delícia! — Apontou o garfo para a comida.

— Você é um ótimo aprendiz! Tem paciência e boa vontade, além de aprender com muita facilidade. Está uma delícia mesmo. Parabéns! — elogiei feliz.

— Minha mãe ficaria orgulhosa de mim. — Sorriu e, mais uma vez, percebi como dava importância à sua família, como se preocupava com o que pensavam ou esperavam dele.

Felipe era muito determinado, isso era fácil de perceber, mas também o sentia bastante carente. Ele não tinha irmãos nem primos, o pai sempre trabalhou muito e, apesar de me dizer que os pais sempre foram presentes em sua vida, parecia carregar consigo essa falta de alguma coisa... Fazia uma cobrança excessiva de si mesmo.

Depois de algumas semanas juntos, num sábado qualquer, Felipe me convidou para irmos a um parque de diversões. Há muito tempo não o fazia.

— Cris, venha! Vamos à montanha-russa — chamou eufórico, apontando para a enorme atração.

— Lipe, eu tenho medo de altura e velocidade! Acho que não vai dar certo. — Fiquei apavorada com a ideia. — Não sei bem quando o medo começou, pois fui uma garotinha sapeca que adorava subir em árvores, mas hoje, só de pensar, já sinto meu corpo estremecer. Chego a ficar tonta. É muito estranho como alguns traumas surgem sem nos darmos conta. — Senti o pânico me dominar. — É outro grande medo que tenho na vida e não surgiu a oportunidade de contar.

Ele caiu na gargalhada e me abraçou.

— Não precisa ter medo, meu amor, eu juro segurar a sua mão o tempo todo. Você vai gostar!

Ouvi-lo me chamar de "meu amor" fez meu coração derreter. Logo me senti protegida e, por alguns instantes, corajosa o suficiente para concordar.

E lá fomos nós em direção à montanha-russa. Eu quase morri de pavor, lógico. Onde eu estava com a cabeça quando concordei? Gritava desesperadamente a cada curva, a cada subida e descida. Ficava rezando para que aquilo acabasse logo. Felipe ria de mim e segurava minha mão, dizia para eu não ter medo, abrir os olhos e aproveitar, mas não foi possível. Definitivamente, não era fã de descargas de adrenalina. Quando descemos, eu estava com as pernas bambas e o coração acelerado. Mesmo em terra firme, a sensação de que morreria ainda perdurou por alguns minutos.

É, aquela garotinha corajosa que adorava ver o mundo de cima de uma árvore definitivamente não existe mais. Tornei-me uma mulher com horror de altura, meu Deus! É patético, mas é a verdade!

Inspirei e expirei profundamente, tentando me acalmar.

Depois, para tirar uma onda com a minha cara, Felipe me levou ao carrossel.

— E agora, Cris, está gostando? — Seu tom era de divertimento e ironia.

— Sim, meu bem, agora estou adorando! Uma delícia este carrossel — respondi bem-humorada, e ambos caímos na gargalhada.

Quando voltamos a caminhar pelo parque, uma cigana nos parou.

— Querem ler a sorte? — Estendeu as mãos em direção às nossas.

— Ah, não, obrigada. — Tentei me livrar dela.

— Por que não, amor? Acho que será legal!

Arregalei os olhos para ele, incrédula.

— Está falando sério? — Ainda resistia.

— Claro! — Piscou para mim, sorridente.

Mais do que depressa, Felipe estendeu a palma da mão para a senhora que nos fitava.

— Não aqui, garoto. — Dobrou a mão dele, fechando-a. — Venham até minha tenda, é logo ali. — Apontou-nos a direção.

Seguimos a velha senhora, que andava sem nenhuma pressa.

A tenda era simples. Havia um tapete estampado com estrelas e uma pequena mesa com forro branco, ao redor da qual estavam três cadeiras.

— Sentem-se, por favor. Vou começar com você, meu jovem rapaz! — O sorriso dela era simpático.

Felipe estendeu a mão sobre a mesa. A cigana passou os dedos por sobre as linhas da palma, compenetrada.

— Hum, vejo que já encontrou o amor! — Olhou dele para mim, fazendo-me sorrir satisfeita. — Mas tome cuidado, meu jovem, o mundo é feito de bem e mal... Às vezes, o segundo se sobrepõe ao primeiro.

Senti um calafrio me percorrer ao ouvir aquilo. O que queria dizer? Olhei aflita para Felipe, que pareceu não ter se abalado.

— Agora você, mocinha?

— Eu realmente não gostaria...

— Não precisa temer o futuro, menina. Ninguém escapa de seu destino! — advertiu a velha, com ar de sabedoria.

— Está bem. — Estendi a mão, dando-me por vencida.

— Hum, eu estava certa ao ler a sorte do rapaz. Vocês encontraram o amor um no outro. Está aqui, eu posso ver. — Sorriu, mas logo seu semblante se fechou.

— Algo de errado? — Fiquei preocupada.

— Não gosto de dar previsões ruins, mas tomem cuidado! — Percebi os pelos dos braços dela se arrepiarem, o que me gerou um calafrio.

— Bem, já vamos. — Levantei-me apressada. — Quanto devemos?

— Não devem nada. — Gesticulou em negativa com as mãos, visivelmente comovida. — Vão em paz e cuidem um do outro.

Apenas assenti enquanto Felipe agradecia. Ao sairmos, percebi que ela ainda nos olhava e agora abraçava o próprio corpo. A cena me deixou mexida.

— Ai, amor, o que ela viu e não quis dizer? — Passei meu braço pela cintura dele.

— Não deve ser nada, minha linda, não se preocupe com isso. — Beijou o topo da minha cabeça.

Do parque, decidimos seguir para o apartamento dele.

— Adorei o dia, Lipe — falei assim que entrei no carro. — Tirando a parte da cigana...

— Não fique encucada com isso. — Olhou-me com ternura. — Amei cada segundo ao seu lado. Sempre amo. Amo tudo em você, Cris! — Beijou a ponta do meu nariz, roubando-me um sorriso.

Quando chegamos, fomos direto para o banheiro. Tomamos um banho relaxante juntos. Claro que acabamos nos amando no chuveiro, pois era inevitável ficarmos nus sem essas coisas acontecerem.

Em seguida, jantamos e fomos para o quarto. Assistimos a um filme e nos amamos outra vez.

— Cris... — Abraçado a mim naquela mesma noite, nossos corpos nus e suados depois do sexo, Felipe declarou: — Eu amo você! E estou muito feliz por tê-la ao meu lado. — Seus dedos passeavam pelos meus cabelos.

Lágrimas de felicidade brotaram em meus olhos. Eu nunca cansaria de ouvi-lo dizer isso.

— Eu também amo você, Lipe! — Virei-me para olhá-lo, o coração em paz. Estar nos braços dele era como encontrar meu lar.

Capítulo 08

As semanas se seguiram e estávamos muito bem. Saíamos de vez em quando com Nana e Tuca, que o admiravam como se admira um ídolo. Embora a beleza de Felipe pudesse confundi-lo com um, provavelmente fosse pela forma gentil e carinhosa como ele as tratava. Sempre as deixava falar o quanto quisessem, ouvia tudo atentamente e ainda tecia comentários, mesmo de assuntos que eu julgava pouco provável seu entendimento. Eu achava aquilo muito fofo.

Numa segunda-feira, liguei para Felipe na hora do almoço, mas ele não atendeu. Deixei mensagem. Liguei novamente à tarde, e deu caixa postal. Devia estar ocupado, então não me preocupei. Felipe trabalhava com o pai em uma grande construtora da cidade, e ambos tinham muitas obras acontecendo ao mesmo tempo, o que, às vezes, o deixava estressado.

Terminado meu turno, fui para casa. Tentei falar com ele por mais duas vezes, mas o celular continuava desligado. Enviei um e-mail sobre ter sentido saudades. Foi um dia de trabalho em que a cada folguinha me lembrei dele, dos nossos momentos, das nossas risadas, das conversas, dos beijos e do sexo. Pensei em Felipe o dia todo.

Tomei um banho demorado, comi alguma coisa sentada no sofá em frente à TV e depois fui dormir, pois estava exausta.

Acordei na manhã seguinte e fiquei na cama com preguiça, era minha folga e não tinha nada programado. Peguei meu celular na cabeceira da cama, preocupada com o sumiço de Felipe, e vi não haver nenhuma mensagem nem ligação perdida. Verifiquei meus e-mails e nada. Achei estranho, pois não passamos um dia sequer sem nos falarmos desde que começamos a namorar. Tentei ligar novamente, celular indisponível. Fui à academia, mas a preocupação não saía de mim. Estava com um pressentimento ruim de que algo errado acontecia. Durante o almoço tentei falar com ele de novo, o celular continuava desligado. Senti uma tristeza profunda me invadir.

Será que Felipe cansou de mim e resolveu desaparecer? Pensar assim me fez lembrar de como Adriano agia comigo, mesmo sabendo que não era certo compará-los.

Será que aconteceu alguma coisa e não estou sabendo?

Subitamente, lembrei-me do que a velha cigana havia dito. Um calafrio me percorreu. Envolvi meu próprio corpo com os braços e me encolhi no sofá.

Não me aguentando de ansiedade, e ainda com a sensação ruim despertada pela lembrança daquela senhora, resolvi ligar para a mãe de Felipe atrás de notícias. Ela não me atendeu.

Fiquei ansiosa e preocupada a tarde inteira em casa. Não sabia mais o que fazer.

Ainda tentei falar com ele por várias vezes, em vão. Chorei até ficar com os olhos inchados, sem compreender a situação.

Cadê você, meu amor? O que aconteceu?

À noite, Ângela me ligou.

— Alô! — atendi aflita.

— *Oi, Cris. Como vai? Vi que você me ligou.* — Percebi, pela voz dela, que estava séria demais. Uma pontada de dor afligiu o meu peito.

— Estou bem. Está acontecendo alguma coisa? O que houve com Felipe? Pelo amor de Deus, preciso saber! — Deixei todo meu desespero falar por mim.

— *Ai, minha filha, não me diga que ele não está com você...* — A voz dela saiu baixinha e houve uma pausa em seguida, pude ouvi-la engolir em seco. Estremeci no mesmo instante.

— Ângela, não vejo o Felipe desde domingo — comecei a chorar. Estava confusa pela falta de notícias, já esperava o pior. — O celular dele está desligado, mandei e-mail e não recebi resposta

— *Filha, ele não foi trabalhar ontem e hoje. Pedro e eu, a princípio, pensamos que estivesse com você, mas Felipe não costuma fazer este tipo de coisa. Também tentamos contato e só caía na caixa postal, por isso liguei pra você.*

— Ai, meu Deus! O que terá acontecido? Precisamos fazer alguma coisa! — quase gritei ao telefone, a realidade me atingindo com um peso angustiante.

Ele poderia estar machucado em algum lugar. Reprimi um lamento e tentei me concentrar. Precisávamos pensar.

— *Minha filha, estou temerosa e assustada, chamarei um chaveiro e irei até o apartamento dele para arrombar a porta. Quer ir comigo?* — A voz era nitidamente preocupada.

— Sim, claro! — respondi rapidamente, e não consegui conter a nova onda de lágrimas. Fiquei desesperada.

Troquei de roupa com agilidade, lavei o rosto e fui de carro até o apartamento dele. Cheguei junto com seus pais à portaria. Explicamos a situação e o porteiro, depois de interfonar e não obter resposta, deixou-nos subir. Em poucos minutos, o chaveiro conseguiu abrir a porta e nos deparamos com o apartamento vazio. A cama arrumada e sem sinal de Felipe, nenhum bilhete, nada.

Ele havia desaparecido.

O mau pressentimento crescia.

— Ângela, senhor Pedro, acho que deveríamos avisar à polícia e ligar para os hospitais. Algo de muito grave pode ter acontecido...

— Minha voz soou trêmula, embargada pela emoção. Eu me segurei para não chorar na frente deles.

— Você tem razão — ambos concordaram comigo.

O senhor Pedro decidiu ir à delegacia mais próxima dar queixa do desaparecimento. Ângela e eu ficamos para ligar a todos os hospitais da cidade em busca de notícias. Descrevendo Felipe, pedíamos por informações de alguém "não identificado" que pudesse ter dado entrada desde domingo.

— Tem certeza, moça? — perguntei desconsolada. Era o quinto pronto atendimento para o qual eu ligava. — Está certo, compreendo. Obrigada de qualquer forma. — Desliguei e encarei Ângela.

— Nada, minha filha?

— Infelizmente não. — Caminhei na direção dela, envolvendo-a em um abraço e choramos juntas.

Estava frustrada por não conseguir nenhuma notícia, mas ao mesmo tempo aliviada por não encontrá-lo internado ou coisa pior. O alívio durou pouco, pois logo um pensamento ruim surgiu.

— Acho que devemos ligar para os IMLs... — Minha voz saiu engasgada. Não queria pensar em Felipe morto, mas tínhamos que descartar essa hipótese.

— Não, Cris. Ele não pode ter morrido! — Abraçou-me de novo, seu pranto desesperado fazia seu corpo chacoalhar.

— Também estou com medo, minha sogra, mas precisamos saber. — Beijei seu rosto molhado. — Vamos ter fé. Eu sinto que Felipe está vivo. — Apertei-a novamente contra mim.

— Está bem. — Enxugou a face com as mãos.

Mesmo com muito medo do que pudéssemos ouvir, ligamos para os IMLs da cidade. Foram ligações difíceis, um dos atendentes pediu que comparecêssemos para verificar dois corpos não identificados com características parecidas às de Felipe. Senti me faltar o ar e achei que fosse desmaiar, percebi que Ângela também não estava em boas condições. Fui até a cozinha e trouxe um copo de água com açúcar para nós duas. Sentei-me à sua frente e segurei suas mãos.

— Não vai ser ele, Ângela! Não vai! Meu coração diz que Felipe está vivo! Por favor, vamos acreditar nisso... — Tentei ser forte e transmitir a esperança na qual me agarrava naquele momento.

Ela assentiu com novas lágrimas.

Deixamos o apartamento e fomos juntas no meu carro. Eu tive de respirar fundo três vezes antes de conseguir adentrar o lugar, meu coração batia acelerado e as mãos suavam frio. Estava aflita, com medo de encontrar Felipe naquele contexto. Entramos abraçadas uma à outra. Era possível ver a angústia estampada no rosto da minha sogra. Seus olhos estavam arregalados, os lábios comprimidos em uma linha fina, e ela tremia.

Um atendente nos levou até uma câmara fria.

Paramos ante o primeiro corpo não identificado coberto por um lençol. Desviei o rosto quando o atendente, sem qualquer emoção, ergueu o tecido. O ritmo do meu coração acelerou ainda mais, respirar ficou difícil e o peso do mundo curvou minhas costas. Lágrimas insistiam em brotar. Fechei os olhos e fiz uma oração a Deus para que não fosse Felipe. Ângela deixou escapar um grito e imediatamente a encarei. Voltei-me para o corpo diante de mim. Não era ele. Aquele rapaz em nada se parecia com meu namorado. Soltei um suspiro de alívio, dando-me conta de ter prendido a respiração em algum momento.

Nós nos abraçamos em um conforto mútuo.

— Graças a Deus, não era meu filho!

— Graças a Deus! — Esbocei um sorriso com os olhos cheios de lágrimas, assim que nos afastamos.

Então o atendente nos direcionou para outra maca e descobriu o segundo cadáver, decidi manter meus olhos abertos dessa vez. Ângela fechou os dela, no entanto, e nos demos as mãos.

— Não é ele! Ângela, abra os olhos! — disse exasperada após a identificação, sacudindo-a. — Não é o Felipe!

Senti como se uma tonelada saísse das minhas costas. Respiramos aliviadas, agradecemos e deixamos o local o mais rápido possível.

— Ele está vivo, tenho certeza de que vamos encontrá-lo. — Segurei as mãos dela e nos abraçamos mais uma vez antes de entrarmos no carro.

Seguimos o caminho em silêncio.

Voltamos para o apartamento de Felipe e logo meu sogro chegou. Falou que a polícia iniciaria uma investigação no dia seguinte, quando completasse 48 horas desde o desaparecimento, e pediu que a família se mantivesse atenta para qualquer contato. Nossos celulares e o telefone residencial dos pais seriam monitorados.

— Você precisa descansar um pouco, filha, parece exausta. — Ângela segurou meu rosto, seus olhos tristes e preocupados me analisaram.

— Estou mesmo precisando de um banho e de algumas horas de sono, pois amanhã estarei de plantão — murmurei, machucada ao perceber que a vida parecia seguir mesmo naquele momento. — Acho pouco provável conseguir dormir, mas, por favor, me deem notícias...

— Faremos isso, querida. Nós também vamos para casa, manteremos contato. — A voz fraca reforçou a imagem de uma mãe abatida.

Despedi-me deles e fui para casa. Já era tarde, e não consegui pegar no sono.

Durante meu turno, cada minuto era penoso. Não conseguia me concentrar em nada. Liguei para Ângela próximo ao almoço, porém não tinham nenhuma notícia. Ela avisou que a polícia havia começado as investigações e queriam me interrogar. Pediram que eu comparecesse no horário do meu almoço à delegacia.

Cheguei aflita ao local e me fizeram tantas perguntas que fiquei atordoada. Os pais de Felipe já haviam sido interrogados e o delegado me disse que estavam verificando as câmeras de segurança do trajeto que Felipe costumava fazer, mas ainda não tinham nenhuma pista.

Voltei para o hospital desconsolada. Quando finalmente terminei, fui correndo para casa. Liguei para Nana e depois para Tuca, contando o acontecido. Ambas ficaram assustadas, mas tentaram ser positivas e me dar forças.

— *Quer que eu vá até aí?* — ofereceu Tuca. — *Posso passar a noite com você e ajudar no que for preciso. Nana está de plantão hoje à noite, já falou com ela?*

— Acabei de conversar com ela, mas não precisa vir, amiga. Agradeço muito sua oferta, só peço que reze para que possamos descobrir logo onde está meu amor, ore para que Deus o proteja.

— *Está bem, amanhã irei ver você. Tente descansar, sei que será difícil, mas faça um chá concentrado de camomila antes de se deitar.*

— Vou fazer, obrigada pelo carinho. Amo você!

— *Também amo você, Cris! Vai dar tudo certo, tente não pensar bobagens. É importante manter a fé e canalizar boas energias para ele. Vou fazer minhas orações por Felipe, pode deixar.*

Depois de um banho, fiz o chá de camomila. Longos minutos se passaram, eu ainda estava muito ansiosa e preocupada, sem conseguir tirar Felipe do pensamento. Resolvi ligar para Ângela.

— *Oi, querida, como você está?* — atendeu fungando ao telefone, a voz chorosa.

— Oi, Ângela. Estou tentando manter o pensamento positivo, mas me sinto muito angustiada para ficar sozinha. Posso ir até sua casa? — Segurei as lágrimas.

— *Claro, filha. Venha sim, vou gostar de ter sua companhia.*

— Está bem, obrigada. Daqui a pouco estarei aí!

Troquei de roupa e pedi um táxi, não tinha condições de dirigir.

Assim que cheguei ao endereço que minha sogra me passou, fiquei espantada com a beleza e imponência da construção de ares modernos. O jardim imenso na frente do sobrado era muito refinado.

— Que bom que veio, filha! — Ela me cumprimentou com um abraço apertado. — Entre! — Apontou o caminho.

Adentrei uma sala enorme e avistei meu sogro. Sentamos todos no sofá e ficamos conversando, preocupados, tentando achar respostas para o que acontecera.

Quando o silêncio se fez, voltei minha atenção para o ambiente decorado em tons pastéis, de forma elegante e de muito bom gosto. Era, sem dúvida alguma, a residência de uma família abastada. Por mais que soubesse serem donos de uma construtora famosa, nunca tinha imaginado que fossem tão ricos. Pensar nisso me fez estremecer e uma ideia me ocorreu.

— Já verificaram as correspondências? — Voltei minha atenção para meus sogros, que estavam abraçados naquele momento.

— Berenice, nossa governanta, costuma recolher as correspondências e colocá-las em meu escritório, mas ficamos tão apavorados hoje que não tivemos disposição para checar o que recebemos — respondeu Ângela, parecendo entender o que eu estava pensando. — Vamos juntos até lá?

Ela e Pedro se levantaram, e eu os acompanhei.

O escritório parecia uma biblioteca enorme. O senhor Pedro se sentou em sua poltrona atrás de uma mesa comprida de madeira escura, Ângela e eu nos acomodamos nas cadeiras à sua frente. Havia muitos envelopes ali, cada um de nós pegou uma parte e começou a analisar, mas não encontramos nada que pudesse dar alguma pista do ocorrido.

Já passava das 22h quando o telefone tocou. Meu sogro atendeu e acionou o viva-voz.

— *Estamos com seu filho* — uma voz masculina, distorcida e aterrorizante, começou a falar.

Senti meu corpo gelar.

— *Queremos que mantenham a polícia longe disso e obedeçam às orientações.*

— Mas... e meu filho? Como ele está? Eu preciso saber! — gritou o senhor Pedro, desesperado.

— *Calado!* — a voz horripilante ordenou do outro lado da linha. — *Vou falar* só uma vez...

Nós três nos entreolhamos. Ângela levou a mão à boca para conter um gemido.

— *Queremos dois milhões de reais pelo resgate de seu filho. O pagamento deve ser feito em dinheiro, em notas de cinquenta reais. Entrarei em contato em vinte e quatro horas. Se não cumprirem o acordo, eu mato o rapaz.*

— Não! — gritei desesperada.

— Farei o que mandar, mas preciso saber se meu filho está vivo. Me deixe falar com ele. — Meu sogro não aguentou e começou a chorar. — Eu imploro! Me deixe falar com ele!

Seu desespero me deixou ainda mais aflita.

De repente, ouvimos a voz familiar de Felipe pedindo entre soluços:

— *Pai, fique calmo e faça o que eles pedem. Amo vocês.*

A ligação foi encerrada. Poucos minutos depois, o delegado informou terem conseguido rastrear a origem do contato. Ângela implorou que a polícia tivesse cautela, não queria colocar a vida do filho em risco.

Eu não quis voltar para casa, então minha sogra me acomodou no quarto que antes era de Felipe.

— Durma aqui, filha. E vamos rezar para que tudo acabe bem. Vou pedir à governanta para providenciar um lanche a você.

— Obrigada, minha sogra, mas estou sem fome.

— Você precisa comer, querida. Precisamos estar fortes e bem.

— Está certo. — Esbocei um sorriso e a beijei na face.

Tomei um banho e dona Berenice, a governanta, logo bateu à porta do quarto. Trazia uma bandeja com chá, pão com queijo e uma maçã.

— Obrigada. — Peguei a bandeja das mãos dela.

— O chá é de camomila, vai ajudar você a se acalmar.

Assenti com a cabeça e sorri agradecida, então voltei a fechar a porta no momento em que ela se retirou.

Sentei-me à cama e tive dificuldade para conseguir comer. Parecia que minha garganta estava fechada. Assim que terminei, acomodei a bandeja com os talheres no criado-mudo ao lado e me deitei.

O fato de poder dormir ali, entre as lembranças de Felipe, de algum modo me consolou. Olhar para as fotos de sua infância e adolescência, ter seu cheirinho impregnado nas almofadas, me fez conseguir pegar no sono depois de chorar e implorar a Deus que cuidasse dele.

Na manhã seguinte, meu sogro ligou para seu gerente bancário explicando a situação.

— É um caso delicado, Jorge. Meu filho foi sequestrado. Então, por favor, mais do que nunca lhe peço sigilo.

— E então? O que ele disse? — Ângela questionou no instante em que o viu desligar.

— Ele vai providenciar o dinheiro de nossas contas sem alarde. O delegado pretende colocar um rastreador na bolsa.

— É uma boa ideia. — Ela meneou a cabeça.

Fiquei com medo de algo dar errado.

— Eu tenho que ir para casa, estarei de plantão hoje durante o dia.

— Quer que eu peça para Berenice lhe preparar um lanche? — Ângela, mesmo abatida, preocupou-se comigo.

— Não precisa, obrigada, depois como qualquer coisa. Estou sem fome.

— Vou pedir para o motorista levar você, menina.

— Agradeço, senhor Pedro. Só vou até o quarto pegar minha bolsa e podemos ir.

Despedi-me deles com o coração apertado.

— Por favor, me mantenham informada.

— Pode deixar, filha, avisarei sobre qualquer novidade. Vá em paz e continue rezando por nosso Felipe! — Ângela me abraçou.

O motorista já me esperava à porta da casa.

— Obrigada, Ângela! E pode deixar que rezarei sim, até breve!

No caminho de volta para casa, mantive meus pensamentos em Felipe. Rezei a Deus para que o protegesse.

À tarde, Nana e Tuca foram me visitar durante meu turno. Eu as atualizei sobre a situação e pedi que não falassem nada a ninguém. Todo cuidado era pouco naquele momento.

Ângela me ligou minutos depois.

— Oi, alguma notícia? — Procurei um lugar mais reservado no hospital para atendê-la.

— *Oi, Cris. A polícia informou que a ligação de ontem à noite foi feita de um orelhão no centro da cidade, o que, infelizmente, não deu quaisquer pistas sobre quem são os sequestradores. Eles acreditam que o pedido de socorro de Felipe foi uma gravação.*

— Ai, meu Deus! — Mordi o cantinho interno da bochecha. — Se foi uma gravação, será que ele está mesmo bem? — Senti um nó na garganta.

— *Esperamos que esteja vivo* — respondeu baixinho, angustiada. — *A polícia pediu as filmagens das câmeras de segurança pública das proximidades e flagrou um homem de boné, cobrindo suas feições, usando o orelhão quando a chamada foi feita. Deve ser um dos bandidos, mas não foi possível qualquer reconhecimento facial.*

Continuávamos sem pistas.

— Posso ir para sua casa à noite?

— *Claro, filha, Vou pedir ao motorista para buscar você.*

— Obrigada. Até mais tarde, então.

Saí do plantão às 19h e segui para minha casa o mais rápido que consegui. Por volta das 20h, o motorista veio me buscar.

Passei todo o trajeto olhando pela janela, angustiada, pensando em Felipe, em onde e como estaria...

Quando cheguei à casa dos meus sogros, fomos para a sala de visitas e ficamos aguardando contato. Aproveitamos para fazer uma oração juntos. Às 22h, o telefone tocou.

— Pronto — atendeu meu sogro, novamente acionando o viva-voz.

— *Conseguiu o dinheiro?* — A mesma voz distorcida da noite anterior quis saber.

— Sim, foi providenciado — respondeu sem vacilar.

Ângela e eu, de mãos dadas, nos olhamos confiantes.

— O que devo fazer agora? — Meu sogro tentava dominar a conversa.

— *Deixe o dinheiro em uma bolsa preta, numa lata de lixo próximo à rodoviária, à meia-noite* — a voz terrível orientou. — *E não queira dar uma de espertinho. Mantenha a polícia longe, ou seu filho não sairá vivo.*

Engoli em seco.

— Tudo bem. Será feito como você quer. — Meu sogro parecia outro homem. Não chorou. Estava forte e determinado.

— *Assim que eu receber o dinheiro, o refém será entregue. Saberão o local na hora.* — Desligou. Dessa vez, não ouvimos Felipe.

Eu estava apavorada.

— Farei como eles querem. A polícia ficará na retaguarda. — Ele segurou nossas mãos. — Pedi para manterem certa distância, não quero arriscar a vida de Felipe. Mas, mesmo pagando, tenho medo do que possa acontecer. Não dá para confiar em bandido.

No fundo, temíamos que Felipe não fosse libertado mesmo com o resgate pago.

Mais tarde, o motorista me levou de volta para casa. Fui o caminho todo sentindo o peito apertado, uma sensação de medo e pânico começou a tomar conta de mim.

Em casa, não conseguia dormir.

Fui trabalhar me sentindo muito angustiada, além de exausta pela noite maldormida. Não entendia por que aquilo estava acontecendo. Felipe era uma pessoa maravilhosa, e sua família também. Ninguém merecia enfrentar uma situação como aquela.

Ângela me ligou durante o almoço. A polícia recebeu uma ligação anônima mencionando o possível local do cativeiro. Resolveram agir com pressa. Ela me ligaria assim que tivesse mais notícias. Fui até o dormitório, ajoelhei-me e implorei a Deus, mais uma vez, que tudo terminasse bem.

Por volta das 15h, Ângela me ligou desesperada.

— *Filha, a polícia chegou ao local tarde demais* — contou entre soluços. — *Provavelmente os bandidos estiveram lá, mas foram alertados e conseguiram escapar.*

— Oh, meu Deus! — Senti meu estômago embrulhar. Estava apavorada, com receio do fariam ao Felipe.

— *Vou desligar, Cris... Eu avisarei, assim que tiver mais notícias.*

— Está bem, vou ficar rezando por ele.

— *Reze sim, filha. Temos que nos apegar a Deus agora. Só Ele pode salvar Felipe...*

Quando terminei meu turno, segui direto para a casa dos meus sogros.

Às 20h, o interfone da mansão tocou e nos causou um alvoroço. Corremos em direção à porta.

Não havia ninguém. Na rua, escutamos o ronco de uma moto ao longe.

Olhamos para um lado e para o outro, desesperados, até que Ângela gritou:

— Ali! Colocaram algo na caixa de correio! — Apontou o local.

Corremos para lá e encontramos um envelope. Meu sogro o abriu rapidamente, todos encaramos o DVD desembalado.

Entreolhamo-nos aflitos.

— Vamos entrar e ver o que é isto! — chamou ele, andando apressado de volta para a casa conosco em seu encalço.

Assim que a imagem do DVD surgiu, nós começamos a chorar. Era Felipe no vídeo. Há cinco dias desaparecido, estava sujo, amarrado e vendado. A barba começava a crescer. Ele implorava:

— *Pai, mantenha a polícia longe disso. Obedeçam às ordens dos sequestradores, pelo amor de Deus, eu só quero voltar para casa! Pai, mãe, Cris, amo vocês!*

Foi muito difícil assistir àquilo. Ele estava sofrendo, aterrorizado. Depois de vermos sua imagem, a voz que já conhecíamos bradou muito irritada:

— *Mandei deixarem a polícia longe disso, porra! Vocês querem ou não o filho de vocês vivo? Façam o que eu mandar! Aguardem meu contato para novas instruções. Estou perdendo a paciência e, quando fico assim, posso ser muito mau.*

Um calafrio percorreu meu corpo.

Ângela ficou pálida e meu sogro a abraçou, visivelmente abalado.

— *Se tudo der errado, ou a polícia continuar atrás da gente, o rapaz morre.*

Fechei os olhos e abaixei a cabeça, fazendo outra prece a Deus.

— Fiquem calmas — pediu o senhor Pedro ao se levantar e desligar o aparelho de DVD. — Vou falar com o delegado.

Minha sogra e eu o vimos fazer a discagem rápida em seu celular, ansiosas.

— Delegado Roni, pode vir aqui? — disse ele, assim que foi atentido. — Recebemos um DVD dos sequestradores, preciso que o analise.

Não podíamos ouvir a resposta, o que me deixou apreensiva.

— Está bem, fico no aguardo.

— O que ele disse, meu amor? — Ângela caminhou em direção ao marido e o abraçou.

— Está vindo pra cá.

Cerca de meia-hora depois, o delegado da unidade antissequestro chegava à mansão.

Ele assistiu ao vídeo algumas vezes e ressaltou não parecer montagem, embora fosse preciso garantir a análise da perícia.

— Olha, uma coisa é certa: Felipe está vivo, mas esses caras não estão para brincadeira. Vamos ter que redobrar o cuidado. Eu já vou indo. Qualquer novidade, me comuniquem.

— Está bem. — Meu sogro agradeceu e despediu-se dele com um aperto de mão. Seu rosto estava transtornado.

Nenhum de nós conseguiu dormir. Passei a noite naquela casa, no quarto que era o único lugar do mundo capaz de confortar um pouco meu coração.

No dia seguinte, não houve contato dos bandidos e começamos a ficar com muito medo do que pudesse acontecer. O próprio delegado temia que o grupo desistisse do sequestro e matasse o refém. Não era uma opção ceder aos bandidos e manter a polícia longe do caso. A situação era grave.

No sétimo dia, logo pela manhã, o telefone tocou.

— *Se vocês cumprirem as ordens, o sequestro chega ao fim hoje. Mas o dinheiro deve ser entregue e nada de polícia, entendeu?* — A voz soava irritada.

— Entendi, mas quero saber como será a libertação do meu filho. — Meu sogro manteve a voz firme.

— *Já disse que ele será entregue vivo após receber o resgaste, desde que nada saia errado.*

Ângela, agarrada a um terço, ajoelhou-se no chão, rezando.

Eu estava com o coração nas mãos.

— Vai dar tudo certo. — O senhor Pedro agachou-se em frente à esposa, após a ligação ser encerrada. Abaixei-me ao lado deles e os abracei.

Naquele dia, os bandidos ligaram três vezes para negociar o fim do sequestro. Numa delas, a polícia conseguiu rastrear a localização de um celular.

O delegado Roni ligou para informar, e meu sogro acionou o viva-voz para que pudéssemos acompanhar.

— *Agora que interceptamos a ligação, vamos agir. Este sequestro está prestes a acabar.*

Impotentes e esperançosos, abraçamos uns aos outros. Ângela não parava de chorar. Eu estava tão aflita que nem mesmo lágrimas saíam. Sentia-me num estado catatônico.

Horas depois, a polícia avisou que a equipe tática chegou disfarçada às proximidades do local rastreado, agiu com inteligência e rapidez. Estouraram o cativeiro. Houve resistência e troca de tiros, um bandido escapou, outro foi preso e dois estavam mortos. Um policial foi baleado de raspão. Encontraram Felipe amarrado num quartinho escuro e sujo. Ele estava bem e seguro, pediram que fôssemos para a delegacia.

Sem demora, meu sogro chamou o motorista e nos dirigimos para lá. Meu coração parecia querer saltar pela boca.

Ao reencontrá-lo, não consegui conter o choro e corri em sua direção. Felipe estava estranho, parecia um bichinho acuado, todo sujo, os olhos arregalados, meio vidrados. Abracei-o apertado, e ele chorou. Todo o terror pelo que passou o deixou visivelmente traumatizado. Ele estava em meus braços, mas já não era o mesmo.

Capítulo 09

Felipe foi levado para o hospital onde eu trabalhava. Fizeram exames de corpo de delito e o medicaram. Colocaram-no recebendo soro, pois estava desidratado, mas lhe deram alta logo após os primeiros socorros.

De lá, meus sogros me deixaram em casa e seguiram para a mansão. Percebendo ser um momento em família, decidi tomar um banho e pegar algumas roupas, depois iria de táxi ao encontro deles. Não ficaria longe de Felipe por nada neste mundo.

Tive coragem de contar aos meus pais o que aconteceu somente depois da resolução. Liguei antes de sair novamente.

— *Que horror, minha filha! Por que não me disse antes?* — Minha mãe parecia chocada com a história toda, e não era para menos.

— Foi um horror mesmo, mãe. Me perdoe não ter ligado, mas eu não teria condições de dizer. Tive muito medo. — Senti um nó na garganta ao lembrar de tudo.

— *Eu imagino, filha. Agora vá cuidar do seu namorado, nos dê notícias quando puder. Prometo em breve convencer seu pai de irmos até aí. Fiquem com Deus.*

— Estou indo para a casa dos meus sogros agora — falei, conferindo o que coloquei em minha bolsa. — Darei notícias, pode deixar, mãe. Fiquem com Deus também. Dá um beijo no pai por mim. Amo vocês!

Na primeira noite na casa de sua família, Felipe praticamente não falou. Seus lindos olhos azuis, antes tão brilhantes, estavam cinzentos como um dia nublado. Cortava meu coração vê-lo daquela forma, sem vida. Ajudei-o a tomar banho e Ângela preparou o jantar, fazendo o prato preferido do filho, que pouco comeu. Depois o levamos para o quarto, onde me deitei ao seu lado. Ele teve sonhos agitados a noite toda, por vezes acordou gritando.

— Shhh... Calma, meu amor. Você está em casa. Está tudo bem. — Afaguei seus cabelos e o beijei na face. — Estou aqui com você. Agora descanse, durma de novo, meu bem.

A cada vez, eu o acalmei até pegar no sono novamente, com meu coração apertadinho por vê-lo daquele jeito.

Na manhã seguinte, preocupada, fui falar com Ângela e Pedro.

— Como ele passou a noite, minha filha? — Segurou minha mão, aflita.

— Teve muitos pesadelos, acordou por causa deles... — Senti dificuldade de explicar, tamanha vontade de chorar por ele. Felipe estava sofrendo muito.

— Meu filho não está bem! Precisamos fazer alguma coisa, Pedro. — Voltou-se para o marido, que a envolveu em seus braços.

— Provavelmente seja estresse pós-traumático. Já vi casos assim lá no hospital — murmurei.

— Vou pedir a avaliação de um psiquiatra, amigo da família. Percebi que Felipe está muito quieto e assustado. Praticamente não falou nada ontem, e não comeu quase nada também. Vou ligar e providenciar uma consulta.

Antes do almoço, o doutor Rubens, psiquiatra, foi avaliá-lo. Nós os deixamos a sós. O médico desceu as escadas para nos encontrar na sala, após o atendimento.

— Bem, eu acabei de aplicar um calmante injetável em Felipe, deve fazê-lo dormir por algumas horas. Prescrevi um ansiolítico para tomar duas vezes ao dia por enquanto, depois tomará apenas antes de dormir e, quando estiver melhor, faremos a retirada processual da medicação. No momento, falar sobre o que ele passou só vai agravar a situação, então peço que respeitem seu silêncio. Mas daqui a uma semana é importante que ele comece uma psicoterapia. Ele vai precisar. É mesmo uma típica situação de estresse pós-traumático. Cristina tem razão, em casos assim o paciente alterna medo, pânico, angústia, depressão e paranoia. Vamos cuidar desse rapaz. Virei vê-lo em dois dias.

Agradecemos e nos despedimos do doutor Rubens.

Estive o dia todo na mansão. Quando Felipe acordou, já passava das 14h. Eu mesma pedi licença à Ângela e preparei uma gostosa sopa de frango com legumes para ele, que desceu até a copa para almoçar.

— Conseguiu descansar um pouco, meu amor? — Acariciei seu rosto, que me sorriu tristemente, balançando a cabeça em afirmativa.

Depois do almoço, deitei-o em meu colo no sofá e liguei a TV em um programa de humor. Fiquei afagando seus cabelos, mas ele continuava apático. De repente pegou no sono e só acordou algum tempo depois, assustado.

— Shhh... Você está em casa, está tudo bem, fique tranquilo! Está tudo bem, meu amor! — Ao envolvê-lo em meus braços, percebi que seu corpo tremia.

Dormi lá novamente, e acordei cedo para ir trabalhar.

Ângela me ligou preocupada, pois o filho não falara nenhuma palavra desde que saí.

Conversei com um psiquiatra do hospital, que mencionou ser aconselhável internação em casos semelhantes. Agradeci os conselhos, mas não pude conter as lágrimas.

Meu Deus, ajude meu amor a se recuperar!

Depois do trabalho, em minha casa, tomei banho e troquei as roupas que levaria na mala. Fui para a mansão. Conversei com os meus sogros em particular. Eles estavam visivelmente preocupados.

— Amanhã falarei com o doutor Rubens sobre isso, filha. — Ângela me abraçou apertado. — Meu coração fica partido por ver meu filho dessa maneira.

— Eu também estou assim! — sussurrei em meio às lágrimas.

— Não queria que Felipe precisasse ser internado. — Minha sogra fez uma pausa e engoliu em seco, comovida. — Mas vamos ouvir o que o doutor Rubens acha, não é mesmo, Pedro? — O olhar dela era pura tristeza enquanto estendia a mão para o marido, que apenas assentiu muito abatido.

Despedi-me deles e fui para o quarto.

Dormi com Felipe, que teve uma noite menos agitada.

Na manhã seguinte, o psiquiatra chegou cedo para avaliá-lo. Nem foi preciso falarmos nada, pois ele mesmo sugeriu uma internação emergencial em uma casa de repouso. Disse que o quadro depressivo tinha se agravado e que seria melhor interná-lo para um tratamento intensivo. O risco de Felipe atentar contra a própria vida era evidente, caso nos descuidássemos. Ele foi levado naquela tarde. Mesmo sabendo ser para o melhor dele, desabei num pranto desconsolado.

Capítulo 10

Felipe ficou internado por três semanas. Eu fui visitá-lo todos os dias. Nos primeiros, fiquei muito assustada. Ele parecia pior do que antes. As medicações o deixaram sonolento e com a fala arrastada, a face pálida. Eu saía da clínica sempre chorando.

Com o tempo, Felipe foi melhorando. Às vezes se mostrava mais apático, noutras, mais falante.

Eu sentia tanta falta dele! Daquele Felipe divertido e carinhoso por quem me apaixonei. Sentia falta dos nossos beijos, das nossas noites de amor, das conversas descontraídas. Ele não era nem a sombra do homem que conheci.

Certo dia, no jardim da clínica, estávamos acomodados em um banco. Eu tinha sua cabeça em meu colo e, distraída, acariciava seu cabelo.

— Cris... — A voz fluiu suave.

— O que foi, meu amor? — perguntei calma e cheia de ternura, voltando meu olhar para o dele.

— Quando estive no cativeiro... — começou a falar, as palavras embargando-se pela emoção.

— Shhh... Não precisa falar sobre isso. — Tive medo de como seria para ele relembrar o trauma.

— Fique tranquila, meu amor, eu quero contar. Preciso disso.

Eu apenas assenti.

— Cris, fui torturado de diversas formas...

Meus olhos se encheram de lágrimas, meu estômago embrulhou.

— Os bandidos me maltrataram, me bateram e me humilharam física e verbalmente, mas o pior de tudo era eu perceber o prazer deles no que faziam. Sempre me olhavam com ódio e uma agressividade monstruosa. Não via nem migalhas de humanidade naqueles caras. Juro que não entendo aquela maldade. — Enxugou as próprias lágrimas com os dedos.

Eu peguei as mãos dele e as beijei em seguida.

— Aqueles bandidos me davam comida estragada, Cris. Me deixavam passar sede, e eu não podia tomar banho. Foram dias horríveis... Tive tanto medo de morrer! — Sua voz estava trêmula, lágrimas escorriam por sua face. Meu peito doía. Nunca conseguiria apagar aquelas lembranças dele, e isso me deixava arrasada. — Tive medo de não sair dali, de nunca mais ver você... — continuou, a expressão frágil.

Chorei com o relato dele, mas o deixei falar até terminar, sem interrompê-lo.

— Vem cá, meu amor! — Puxei-o para um abraço quando, finalmente, expôs toda sua miséria.

Pressionei Felipe contra mim, nossas lágrimas se misturando. Como havia sofrido! Percebi, um pouco confortada, que falar o deixou melhor, talvez um pouco mais aliviado. Foi muito doloroso ouvir o que lhe fizeram e entender que certas feridas deixariam marcas profundas. Eu me permiti renovar o ânimo ao perceber que, aos poucos, Felipe saía do casulo que criou para se proteger e vinha ao meu encontro.

Eu o visitava todos os dias, e sempre íamos para o jardim. Às vezes, quando chegava, ele já me esperava em nosso banco. Seu humor flutuava muito, então procurava me agarrar aos bons momentos que aos poucos se reconstruíam entre nós.

Em certa ocasião, ele estava no quarto. Cumprimentei-o com um beijo leve nos lábios, como vinha fazendo.

— Oi, meu amor, vamos para o jardim? — Acariciei seu rosto, surpresa ao perceber que seu olhar já não estava perdido e aquele tom acinzentado tinha desaparecido. O azul estava de volta, ainda mais profundo e brilhante.

Levantou-se da cama, passou por trás de mim e fechou a porta. O canto de sua boca se ergueu, formando um sorrisinho travesso.

— Hoje não! Não quero ir para o jardim — falou de forma estranha. Sedutora, talvez. — Estou com vontade de fazer outra coisa com você, Cris, com saudades... Você não sente falta?

Meu corpo aqueceu com as lembranças de nós dois juntos. É claro que eu sentia falta, estava morrendo de saudades.

— Sim, eu sinto muita falta de nós. — Sorri, provocante.

Ele se aproximou devagar e acariciou meu rosto.

— Acho melhor nós encostarmos a poltrona à porta, porque as fechaduras não têm chaves — sussurrou ao meu ouvido, beijando meu pescoço em seguida. Minha pele se arrepiou, sensível àquela carícia, e meu ventre formigou por ele.

Rindo, empurramos a poltrona. Fechamos a janela e as cortinas como um par de adolescentes se encontrando às escondidas. Então Felipe me abraçou apertado, gostoso. Seus braços ao meu redor eram cheios de sentimento e significado. Éramos tudo um para o outro. Felipe ainda era o meu Lipe, e podia ter essa certeza cada dia mais. Ele estava melhorando. Quanta saudade de nossa vida juntos!

Ele começou a me beijar, como há muito não beijava, lentamente, explorando minha boca. O beijo foi ficando mais urgente e despimo-nos com sofreguidão, lançando-nos sobre a cama. Roçando sua barba em minha pele, atiçando-me, Felipe distribuiu beijos em meu pescoço. Desde que foi internado, não se barbeava. Descendo a boca por meu corpo, beijando, lambendo, mordiscando, fez-me contorcer de prazer. Fiquei molhada com seus carinhos, pronta para ele.

Em minha barriga, ele parou e contornou a calcinha, arrancando-a de uma vez. Meu sexo latejava, implorando por atenção. Sem demora, Felipe me extasiou com sua língua em pontos sensíveis e não parou até me levar ao clímax. Como senti saudade daquilo! Fazer amor com ele era sempre incrível. Depois foi minha vez de matar a saudade, explorando seu corpo com a boca, arranhando suas costas. Quando ele me penetrou, senti que tudo estava voltando ao normal. Meu Felipe, meu amor, ficaria bem. Nossos corpos se movimentavam no mesmo ritmo, nossos suores se misturavam ao cheiro do prazer e nossas respirações ofegavam juntas. Gozamos e desabamos na cama, exaustos e felizes. Ninguém apareceu para interromper e ficamos rindo feito crianças. Foi maravilhoso.

Uma semana se passou desde a nossa cena de amor na clínica. Felipe recebeu alta e foi para a casa dos pais. Sua melhora era evidente. Eu ficava ao seu lado nas minhas folgas e, pouco a pouco, fui esquecendo tudo que acontecera.

Meu namorado estava de volta!

Capítulo 11

Dias depois, Felipe voltou para seu apartamento. Passei a ficar em sua companhia, estava preocupada.

— Quero voltar a trabalhar, Cris. Preciso manter minha mente ocupada, esquecer o que passei. — A voz saiu baixinha, os olhos azuis pareciam anuviados.

— Tem certeza, meu bem? — Acariciei sua cabeça em meu colo.

— Tenho. Trabalhar vai me distrair e já estou com saudades da construtora, querendo saber como estão as coisas por lá!

— Está certo, Lipe. Você tem razão. Acho que vai mesmo fazer bem a você. — Procurei transmitir serenidade e segurança a ele, que tanto precisava naquele momento.

No dia seguinte à nossa conversa, Felipe ligou para o pai e combinou seu retorno ao trabalho. Ele sorria para mim enquanto conversava ao celular, informando desejar trabalhar na próxima segunda-feira.

Não podia ouvir o que meu sogro dizia. Fiquei apenas observando a cena, feliz por meu namorado estar melhor a cada dia.

— Fica tranquilo, meu velho! Tenho certeza sim. — Piscou para mim. — Também amo você. Pode deixar que mando, sim. Beijos. Dá um beijo na mãe por mim. — Aproximou-se após desligar e me envolveu pela cintura. — Meu pai lhe mandou um abraço.

— Hum, adorei receber o abraço assim! — Fiquei na pontinha dos pés e o beijei na boca.

— Amo você, Cris! Obrigado por tudo.

— Também amo você. Não tem por que agradecer.

A vida aos poucos se ajeitava, voltava ao normal. Tudo que passamos nos aproximou e fortaleceu nossa relação. Estávamos ainda mais unidos e apaixonados.

Voltamos a assistir a nossos filmes, a passear pelo shopping e a comer em restaurantes, mas, apesar da aparente normalidade, um segurança armado nos acompanhava aonde quer que fôssemos. Era um pouco chato, porém me sentia segura na presença dele.

Em uma noite, depois de nos amarmos, fiz um convite a Felipe:

— Amor, que tal passarmos o próximo final de semana na casa dos meus pais, no interior? — Deslizei os dedos por seu peito nu.

— Claro! Vou adorar.

— Que bom. Vou avisá-los que iremos — mal falei, e ele voltou a me beijar.

— O que acha de começarmos de novo? — Desceu a boca pelo meu pescoço, percorrendo o caminho com a língua até meus seios, e mordiscou o mamilo. Gemi.

— Ei, você não cansa? — objetei, sorrindo.

— De você? Nunca!

Os dias seguiram rapidamente, logo chegou sábado.

Fomos cedo para a casa dos meus pais, de carro. Foi uma viagem muito agradável, embora estivéssemos escoltados.

Assim que chegamos, fomos recebidos por eles.

— Pai, mãe, que saudades! — Abracei um de cada vez. — Este é o Felipe! Lipe, esses são meus pais — apresentei-os.

— Seja bem-vindo, rapaz! É um prazer conhecê-lo. — Meu pai estendeu a mão para cumprimentá-lo.

— Venha, vamos entrando! — chamou minha mãe. — O almoço está pronto.

— Eba! Estou morrendo de fome! — exclamei alegre. De forma exagerada, alisei minha barriga e fiz todos rirem.

Enquanto almoçávamos, conversamos bastante.

— Mas que coisa horrível aconteceu a você, meu filho! Queria muito ter ido visitá-lo, conhecê-lo, mas, infelizmente, o Joaquim estava apertado no trabalho e não conseguimos.

— Foi horrível, dona Zilda. Graças a Deus, acabou tudo bem. Tive ao meu lado um anjo, que é a filha de vocês. — Virou-se para mim, sorrindo, e segurou carinhosamente minha mão. Meu coração se aqueceu.

— E você já voltou a trabalhar? É engenheiro civil, não é? Cristina comento. — foi a vez de meu pai indagar.

— Isso, sou engenheiro civil, trabalho com meu pai numa construtora da família. Já voltei a trabalhar, sim.

Eles passaram a discutir sobre futebol enquanto iniciei uma conversa paralela com minha mãe, que me atualizou sobre as novidades da família.

Percebi que meus pais ficaram encantados por Felipe, o que não era para menos. Meu namorado era muito gentil, educado e adorava conversar. Estendeu todos os assuntos que eles iniciaram.

Não que eu precisasse da aprovação da minha família, mas fiquei feliz ao ver que gostaram de Felipe.

Depois de comermos, levei Lipe para dar uma volta pela pequena cidade.

— O que está achando? — Passei o braço pela cintura dele enquanto caminhávamos pela única pracinha de lá.

— Aqui é realmente pequeno, mas estou adorando conhecer onde foi criada. Adoro saber tudo de você, Cris.

— Eu já falei que o amo, hoje? — Virei-me para ele, brincalhona.

— Hoje não. — Sorriu e beijou a pontinha do meu nariz.

— Eu amo você, Lipe! Muito mais do que eu podia imaginar ser capaz!

— Também amo você com a mesma intensidade! — Beijou de leve meus lábios.

Compramos sorvete e nos sentamos. Podia ver, parados a alguns metros, os dois seguranças à paisana.

— Meus pais têm uma chácara por aqui, na beira da represa. Que ir até lá?

— Claro, amor! Tudo que você quiser!

— Então vamos voltar para casa e pegar o carro. Podemos fazer uma cesta com um lanche e passar a tarde lá.

— Só nós dois? — Arqueou a sobrancelha, olhando-me com uma expressão travessa.

— Bem, se aqueles dois permitirem, né? — Apontei para os seguranças.

— Pode deixar que dou um jeito nisso.

Depois de Felipe dispensar os guarda-costas, guiamos o carro até a chácara.

Andamos a cavalo e, assim que chegamos à beira do rio, despimo-nos e pulamos na água. Apesar de um pouco fria, o mergulho deixou-nos com uma agradável sensação de frescor naquela tarde ensolarada. Estávamos pegando fogo de tanto desejo. Fizemos amor ardentemente.

— Cris, obrigado por ter me trazido aqui, obrigado por estar ao meu lado!

— Não precisa agradecer, meu amor. — Aproximei meu corpo do dele, envolvendo-o em meus braços.

— Preciso sim. Você é uma mulher incrível! Eu não teria suportado passar por tudo o que aconteceu sozinho. — Beijou-me de forma terna. — Adoro cada pedacinho seu! — sussurrou na minha boca, ao desgrudar os lábios dos meus, enquanto as mãos me apertavam a bunda.

— Eu também adoro tudo em você, Lipe! Estou muito feliz por vê-lo bem novamente. — Dei mais um beijo nele, mordendo levemente seu lábio inferior. — Agora vamos sair, precisamos voltar antes que alguém venha atrás da gente pensando que algo ruim nos aconteceu. — Levantei-me e comecei a sair da água, puxando-o comigo.

Enxugamo-nos com toalhas que trouxe numa mochila e vestimos nossas roupas.

Assim que paramos o carro em frente à casa, avistei meu pai.

— Já estava preocupado com vocês. — Coçou a cabeça, olhando-nos desconfiado quando entramos na casa.

— Está tudo bem, pai! Só acabamos perdendo um pouco a hora — respondi dando um beijo nele, que sorriu parecendo aliviado e concordou meneando a cabeça.

Senti um cheirinho gostoso de comida e me encaminhei para a cozinha, deixando Felipe e meu pai na sala.

— Que gostoso, mãe! O que está fazendo aí? — perguntei ao me aproximar das panelas.

— Bolinho de chuva! — respondeu animada. — Será que Felipe vai gostar? — Parecia receosa.

— Hum! Isso aqui está uma delícia! — respondi de boca cheia, após roubar um bolinho ainda quente.

Minha mãe ralhou comigo:

— Vai queimar a boca, menina! — Estapeou de leve a minha mão, fazendo-me rir.

— Não precisa me bater! — resmunguei sem conseguir conter o riso. — Fica tranquila, mãe, tenho certeza de que o Felipe vai adorar.

Lanchamos juntos e, à noite, nós quatro preparamos o jantar. Até Felipe colaborou e cortou cebolas, tentando ser ágil, mas ainda derramando algumas lágrimas.

Meus irmãos foram jantar conosco. Ambos eram casados e levaram seus cônjuges. Na minha cidade natal, a maioria das pessoas se casava jovem.

Depois de comermos, meu pai pegou o violão e cantamos noite adentro.

Por volta da meia-noite, meus irmãos se despediram e foram embora. Eu e Felipe já estávamos exaustos. Só ajudamos minha mãe a lavar e enxugar a louça, então nos retiramos para o quarto. Para minha surpresa, minha mãe não implicou de dormirmos juntos.

Partimos na manhã seguinte. Eu me despedi dos meus pais com pesar, pois passamos momentos muito alegres juntos. Voltamos para casa com a alma mais leve e, mesmo picados por mosquitos e com a pele esfolada pelo mato na ocasião da nossa aventura de amor no rio, estávamos felizes.

Capítulo 12

Minha vida estava ótima. No trabalho, as coisas seguiam como deviam. Eu e Adriano nos encontramos algumas vezes no plantão e foi até bom, pois não senti nada ao olhá-lo.

Meu namoro com Felipe não podia estar melhor.

Havíamos nos tornado uma dupla imbatível. Muito mais que namorados, éramos companheiros para qualquer momento.

Depois do que enfrentamos, Felipe me convidou para morar com ele.

— Cris, meu amor, estive pensando que não faz o menor sentido você ficar pagando aluguel, morando sozinha, quando passa mais tempo na minha casa do que na sua.

— Você tem razão, tenho ficado mais aqui do que lá... — murmurei pensativa.

— Quer vir morar comigo? — Abraçou-me, e aquele foi um dos momentos mais felizes da minha vida. Já estávamos juntos há seis meses, viver oficialmente com meu namorado era o que eu mais queria.

— É claro que sim, Lipe! — respondi feliz e emocionada.

Então combinamos o dia da mudança. Ele me ajudou a encaixotar as coisas e a vender alguns móveis. Depois de desocupar o apartamento, entreguei as chaves à imobiliária. Lipe contratou uma decoradora para ficar à minha disposição, eu poderia mudar o que quisesse no apartamento dele. Fiquei empolgada e contente com sua atitude. Ela me apresentou as propostas e saímos para comprar algumas coisas.

Dentro de poucos dias, o apartamento estava com a nossa cara. Passou a ter muito de mim lá. Na verdade, tudo, e o mais importante para mim, estava ali: Felipe.

Meus sogros ficaram contentes com nossa decisão de morarmos juntos, o que nos deixou ainda mais felizes. Meus pais tentaram argumentar, pois é contra o princípio deles uma moça morar com o namorado antes do casamento, mas percebendo o quanto eu estava feliz, e que Felipe era bom moço, acabaram cedendo.

Às vezes, almoçávamos com Pedro e Ângela nos finais de semana. Era sempre muito agradável.

Num feriado, fomos os quatro para uma casa de veraneio da família na praia.

Estávamos eu e minha sogra sentadas na areia, em um fim de tarde, observando o mar. Eu sentia o vento gostoso beijar a pele quando Ângela me confidenciou seu desejo de ter netos.

— Sabe, Cris, sonho muito em ouvir na casa o barulho de crianças, de ver esse movimento novamente.

— Jura, Ângela? Olha que crianças podem ser bastante bagunceiras, hein? — objetei divertida, e ela gargalhou.

— Tenho saudades de quando Felipe era pequeno e minha casa vivia cheia dos seus amiguinhos. Adorava preparar lanches especiais para eles! — Afundou os pés na areia e suspirou.

— Felipe me disse que, depois dele, você não pôde mais ter filhos. O que houve?

— Foi tudo saudável na gravidez de Felipe e no parto. Dois anos depois, engravidei novamente e tive um aborto espontâneo. Fiquei triste, mas estava bem no início da gestação. Os médicos disseram ser normal, que dentro de seis meses eu poderia tentar de novo.

Fiquei calada, apenas acompanhando seu relato, e percebi seu rosto ficar sério.

— Acontece que engravidei e tive outro aborto, depois outro e mais um. Foram quatro abortos em dois anos de tentativas. Nos três anos que se seguiram, fiz inúmeros exames, tomei medicações, cheguei a ir para fora do país à procura de tratamento, mas nada adiantou. Acabei percebendo que não aconteceria, eu não teria outro filho. Fiquei muito abalada nos primeiros anos, mas depois fui me conformando. Cheguei a cogitar a hipótese de adoção, mas nunca levei isso adiante e o tempo passou, quando dei por mim cheguei à conclusão de que já era tarde demais para começar tudo de novo. Criar um filho não é tarefa fácil, ainda mais quando são pequenos. Simplesmente desisti da ideia de ter outro filho.

— Eu sinto muito! — Segurei a mão dela na minha. Ângela apenas esboçou um sorriso.

— Gosto de famílias grandes. Crianças dão trabalho sim, você verá quando tiver filhos, mas enchem a vida da gente de alegria, dão um novo sentido para tudo.

Sorrimos uma para a outra, cúmplices. Foi muito gostoso ouvi-la dizer aquelas coisas. Desejando netos, imaginando-me mãe.

— Você é uma mulher especial, minha sogra! — Aproximei-me dela e beijei seu rosto. — Espero um dia lhe dar netos e encher sua casa com o barulho de criança novamente! — Envolvi-a em um abraço.

— Vai sim, minha filha! Serão netos lindos e muito amados, disso tenho certeza. — A voz dela estava embargada pela emoção.

Ângela era uma mulher linda, educada, boa. Poder conhecer um pouquinho da sua história só me fez admirá-la mais.

Depois da conversa, voltamos para a casa e preparamos o jantar.

O senhor Pedro e Felipe eram muito unidos. Conversavam sobre tudo, gostavam de ter momentos só deles. Pelo que Felipe me contou, Pedro sempre foi um excelente pai. Deu ao filho condições para se tornar um homem íntegro. A oportunidade de estudar nas melhores escolas da cidade nunca lhe faltou, porém, mais do que estudos e bens materiais, meu sogro deu a ele carinho, amor e lhe ensinou bons princípios. Eu reconhecia isso, por mais que achasse, em alguns momentos, ter faltado um pouquinho de sua presença na vida de Felipe.

Passamos dias maravilhosos na casa à beira-mar. Eu e Lipe sentávamos na areia, deixando o vai e vem das ondas molharem nossos pés e apreciando o pôr do sol. Em um desses momentos, enquanto estávamos repletos de paz, ele me perguntou:

— Quer casar comigo, Cris? De papel passado, na igreja e com uma festa com tudo a que temos direito? — Segurou minhas mãos, sem tirar os olhos dos meus.

Não consegui responder de imediato. Era tudo o que eu queria. Oficializar nossa união. Dar o prazer ao meu pai de entrar comigo na igreja. Planejar um futuro ao lado de Felipe, ter filhos. Fiquei tão emocionada que as lágrimas começaram a cair pelo meu rosto.

Dos meus sonhos de criança, todos estavam se tornando reais.

Ele começou a chorar também, emocionado com a minha emoção. A cada dia que passava, deixávamos de ser eu e ele para sermos nós. Era como se realmente nos tornássemos um só.

Felipe segurou meu queixo e me beijou.

— É claro que quero me casar com você! — respondi ao fim do beijo. Sentia uma enorme paz me invadir, alegria plena.

Ainda ficamos por um tempo abraçados, sentados na areia ouvindo o mar. Assistíamos ao maravilhoso espetáculo da natureza, quando o dia se despedia para que a noite caísse.

Entramos abraçados e com faces comovidas. Meus sogros nos olharam confusos, parecendo preocupados, já que eu e Felipe nunca brigávamos.

— Gostaria de comunicar a vocês que acabei de pedir Cristina em casamento, e ela aceitou. Quero me casar no civil e na igreja, vamos organizar uma festa linda! — falou animado, ainda abraçado a mim. Sua mãe deu um gritinho de alegria.

— Que notícia boa, meus filhos! — Ela e meu sogro correram para nos abraçar.

— Isso merece uma comemoração! — O senhor Pedro estava empolgado.

— Ah, merece mesmo! — concordou Ângela prontamente, agarrada a mim. — Que tal sairmos para jantar?

— Adorei a ideia! E você, amor, quer sair para comemorar? — Virei-me para Felipe e acariciei seu rosto.

— Claro! Temos mesmo que celebrar! — Beijou minha mão e, em seguida, o rosto da mãe.

Fomos todos nos arrumar, a novidade da nossa união alegrava o ambiente.

Escolhemos um restaurante charmoso, à beira-mar.

— Traga um espumante, por favor — pediu meu sogro ao garçom que nos atendeu e entregou os cardápios.

— Hum, que chique! — brinquei, e todos riram. O clima era de festa e harmonia.

Logo o garçom voltou com a bebida e nos serviu.

— Aos noivos! — Meu sogro ergueu sua taça em um brinde e tilintamos as nossas umas às outras.

— Estou muito feliz, meus filhos! — Ângela tinha os olhos rasos d'água, emocionada. — Que Deus abençoe ainda mais esta união e que tenham uma vida a dois repleta de companheirismo, amor, paciência e compreensão.

— Que lindo, mãe! Obrigado! — Felipe beijou a mão dela. — Vocês dois são um exemplo de casal para mim. Conseguiram me criar fazendo acreditar que é possível ser feliz ao lado de alguém sem se anular ou sem ter que se impor. Me ensinaram que marido e mulher são um time, que batalha junto, que resolve as divergências com uma boa conversa. Que é possível ter um relacionamento harmônico. Juro que duvidava um dia encontrar alguém assim para mim, mas a vida me surpreendeu e colocou um anjo em meu caminho. — Virou-se para mim, comovido, e beijou meu rosto.

— Amo você — sussurrei com o olhar transbordando lágrimas de felicidade.

— Já pensaram em uma data para o casamento? — perguntou Ângela, eufórica.

— Estamos pensando em marcar para daqui a seis meses, não é, amor? — falei sorridente, apertando a mão de Felipe na minha.

— Isso mesmo, linda. Teremos tempo para organizar tudo com calma.

— Então já temos que começar a ver algumas coisas, mocinha! — Ângela piscou para mim, e sorri com cumplicidade.

— Está certa, vamos começar a organizar essa festa!

A noite seguiu muito animada. Voltamos tarde para casa.

Depois que seus pais foram dormir, Felipe buscou na cozinha uma garrafa de champanhe e um par de taças, então me chamou para o quarto.

— Agora é a nossa vez de comemorarmos a sós! — Serviu as taças e me entregou uma. — Ao nosso amor! — brindamos felizes. — Eu amo você, Cris! Quero ser tudo o que um dia sonhou! Seu companheiro para a vida toda, sua família, dar filhos a você, envelhecer ao seu lado. — O olhar era apaixonado e a voz, doce e calma. Meu coração golpeava o peito a cada palavra.

— Eu não poderia estar mais feliz, Lipe! Eu também amo você! Ao seu lado, descobri o que é a felicidade, afinal. Descobri o sentido da palavra companheirismo. Eu o amo mais que tudo, mais do que achei que poderia amar alguém. Você me faz a mulher mais feliz do mundo! — As lágrimas escapavam, sentia a alma cheia de amor.

Bebemos trocando olhares apaixonados. Ele me pegou nos braços e me deitou na cama. Despiu minha roupa lentamente, acariciando-me, excitando-me. Fizemos amor de forma apaixonada.

Nossa viagem terminou de um modo muito especial para todos nós.

DE VOLTA AO PRESENTE

Capítulo 13

Por Felipe

DESDE A PRIMEIRA VEZ QUE VI Cristina, naquela boate, algo me atraiu de imediato. Os olhos brilhantes e o sorriso fácil me deixaram hipnotizados. Ela era linda, mas parecia não ter muita consciência disso, o que a tornava ainda mais atraente. Trocamos alguns olhares, não havia nela malícia nem sensualidade exagerada. Parecia uma mulher comum, despretensiosa, divertindo-se com as amigas. Eu estava decidido a ir até ela, então nem acreditei quando meu amigo passou mal e precisei levá-lo para casa. Achei que nunca mais fosse vê-la, afinal, São Paulo é uma cidade gigantesca, e eu não sabia nada sobre ela.

Depois do acidente, quando o destino de uma forma estranha resolveu colocá-la em meu caminho outra vez, ao entrar em meu quarto no hospital, não a reconheci de imediato. Na verdade, tinha a impressão de já tê-la visto, mas só me dei conta de que era a mulher que paquerei na boate quando a visitei com meu pai em seu apartamento. Fiquei tão surpreso que mal conseguia disfarçar meu contentamento. Aquilo só podia ser um sinal. Foi então que descobri que ela não era só linda, mas também muito interessante. A voz doce e seu jeito um pouco tímido me fizeram desejar conhecê-la melhor.

A gente não entende com clareza as coisas do coração até se apaixonar, até se ver irremediavelmente envolvido por outra pessoa, a ponto de não desejar mais nada, a não ser tê-la por perto. Como não me apaixonar por Cristina? Desde a nossa primeira conversa a sós, em meu apartamento, percebi que ela era especial. Pouco falamos de trivialidades. A conversa foi tão íntima que parecia já nos conhecermos há tempos. De repente, eu me vi falando de medos e assuntos que não costumava dividir com mais ninguém. Parecia tão natural contar a ela.

Quando nos beijamos pela primeira vez, tive certeza de que a Cris estava chegando em minha vida para ficar. Era como se o destino me confidenciasse que tudo seria diferente dali em diante. Ao seu lado, vivi os melhores dias da minha história. E os piores também.

Ser sequestrado foi uma experiência amarga e traumatizante. Tive medo de morrer, mas meu pior medo era nunca mais vê-la, não sentir seu cheiro, seu toque. Nunca mais tê-la em meus braços. Com o passar dos dias naquele lugar horrível, comecei a duvidar que seria resgatado com vida. Sabia que meu pai acabaria envolvendo a polícia, e os bandidos não aceitariam. Chegaram a enfiar o cano do revólver na minha boca quando descobriram o cativeiro pela primeira vez. No novo esconderijo, amarrado, com fome e sede, fraco e apavorado, fui espancado e cheguei a perder a consciência.

Eu fui me perdendo de mim, tudo em minha mente foi se tornando um borrão. Quando enfim a tortura acabou, ao ver meus pais e Cristina outra vez, não tive forças para celebrar. Minha alegria havia ido embora.

Mas minha amada teve paciência e muito carinho. Ficou ao meu lado dia após dia. Aos poucos, com o tratamento, a terapia de grupo e suas visitas, comecei a sentir ser capaz de me recuperar. Fazer amor com ela, quando ainda estava internado naquela clínica de recuperação, me fez sentir vivo de novo. Como tive saudades de nós, de estar dentro dela, de vê-la se desmanchar em meus braços depois de alcançar o ápice do prazer.

Ao voltar para casa, para os braços de Cristina e para o trabalho, acreditei já ter vivido tudo de ruim em meu caminho, mas me enganei.

A vida estava tão feliz, planejávamos nosso casamento, e eu mal me lembrava dos meus dias de escuridão. Quando saímos para comprar nossas alianças e um sujeito entrou encapuzado, com uma arma em punho e anunciando o assalto, o que passei voltou à minha mente. O pavor que senti me fez temer pela minha vida e de Cristina. Quando percebi, tinha gritado. Ela já havia se deitado no chão, como o assaltante mandou, mas ao ver que eu ainda estava de pé, na mira do revólver, levantou-se para me puxar. Nosso movimento agitado gerou uma reação irreversível, ouvi o disparo. Cris foi atingida por minha culpa. Eu jamais me perdoaria por aquilo.

Tudo que aconteceu depois ficou confuso e nublado em minha mente.

— Socorro, minha noiva foi baleada! Alguém chama uma ambulância! — gritei.

À minha volta, policiais entraram na joalheria e renderam o marginal.

— Cris, me perdoa. Não morra! Pelo amor de Deus, não morra! — Debrucei-me sobre o corpo ensanguentado dela e chorei desesperadamente. Ela respirava com dificuldade, ainda me fitou com olhos perdidos, antes de fechá-los.

Entrei em uma espécie de surto, comecei a gritar. Quando os paramédicos chegaram, fui contido e me aplicaram alguma medicação que me fez apagar.

Ao acordar, percebi estar de volta à clínica de recuperação. Não sabia se Cristina tinha sobrevivido, senti muito medo de perguntar.

Depois de ficar alguns dias "fora do ar", era bom voltar para casa. Bom e triste. Meus pais me levaram para a mansão. No meu apartamento, tudo me lembrava Cris. Eu quis passar lá antes de irmos para a casa deles, mas não foi uma boa ideia. Os porta-retratos espalhados com nossas fotos alegres, sorridentes e cúmplices despertaram-me um estado profundo de tristeza.

Cristina... Minha Cris... O que foi acontecer? Por que, meu Deus?

Vendo meu estado, papai rapidamente me tirou daquele ambiente.

Chegamos à mansão, e mamãe pediu à Berenice para preparar o que eu mais gostava de comer. Havia um banquete posto à mesa, na sala de jantar. Sentamo-nos os três, mas estava sem apetite. Meus pais me olhavam com ternura e compaixão.

— Você precisa se alimentar, meu filho. — Minha mãe me olhou, preocupada.

— Eu sei, mas estou sem fome. — Revirei a comida no prato, sem ânimo, forçando-me a engolir algumas garfadas para agradá-la.

Quando nos retiramos da mesa, fomos para a sala. Deitei a cabeça no colo de minha mãe, no sofá.

— Mamãe, como está a Cris? Quais são as últimas notícias dos médicos?

— Meu filho, já se passaram sete dias que retiraram a sedação, mas ela não saiu do coma. Os médicos me disseram que os dados vitais estão bons, seu corpo mantém a pressão arterial estável sem a necessidade de medicamentos e já retiraram o dreno do tórax. Graças a Deus, ela não teve nenhuma infecção nesse processo, mas... não reage. Chegaram a temer que o cérebro não estivesse mais funcionando, você me entende? — Fez um cafuné no meu cabelo enquanto falava, sua voz embargada pela emoção.

Fechei os olhos, não queria acreditar naquilo. Era doloroso demais.

— Realizaram alguns exames, e ela tem atividade elétrica cerebral. Ela está viva, meu filho, apenas não responde a nada.

— Eu quero vê-la. Eu preciso vê-la. Amanhã vocês me levam lá? — A angústia apertou meu peito. — Ainda me sinto um pouco zonzo para dirigir.

— É claro que sim, meu filho — respondeu meu pai, esboçando um sorriso. — Vai ficar tudo bem, vamos ter fé. Ela vai acordar.

Sentei-me no sofá e meneei a cabeça. Sorri em retribuição, mas por dentro estava arrasado.

Cristina poderia não sobreviver, e a culpa era toda minha. Não sabia se conseguiria suportar tanta dor.

Ficamos conversando por mais um tempo, até que o sono bateu e fui me deitar.

No dia seguinte, acordei cedo e ansioso para ir ao hospital. Escolhi a camisa e passei o perfume que Cris mais gostava em mim.

Aguardamos o horário de visitas começar. O tic-tac de um relógio na sala de espera me perturbava, mas tentei me concentrar em outra coisa. Minhas pernas se moviam inquietas, e eu batia sem parar o pé no chão. Quando a enfermeira veio, autorizou nossa entrada um de cada vez. Eu quis ir primeiro. Não podia mais esperar um minuto sequer. Meus pais concordaram e desejaram-me calma, então acompanhei a moça. Minha sogra havia ido até o apartamento onde Cristina e eu morávamos para descansar um pouco, segundo nos informaram.

Depois de passar pelos procedimentos de higiene, colocar uma touca, propés e avental, enfim adentrei a UTI. Fui encaminhado para o box onde Cristina estava.

Não foi nada fácil ver minha amada daquele jeito... Havia vários tubos conectados a ela, um na boca para auxiliar sua respiração, outro no nariz, por onde passava a alimentação, e uma sonda vesical presa à lateral da cama. Os braços estavam roxos com sinais de picadas, além de uma mangueirinha fininha estar conectada próxima ao pescoço, por onde passavam as medicações necessárias e o soro. Todas essas informações me foram dadas pela enfermeira que me acompanhava.

— Agora vou deixá-lo sozinho com ela, qualquer coisa basta apertar esta campainha. O senhor tem trinta minutos para ficar — falou calmamente. Agradeci, vendo-a sair.

Eu não sabia o que fazer, o que dizer, nem ao menos tinha certeza se Cris poderia me ouvir.

Respirei fundo, mas não consegui controlar as lágrimas. Sentei-me ao lado dela e segurei sua mão. Estava gelada. Pensei que ela pudesse mesmo estar sentindo frio, levantei-me e puxei uma coberta aos pés da cama. Cobri seu corpo, beijei-lhe a testa e me sentei novamente.

— Eu amo você mais que tudo, Cris. Por favor, acorde e volte pra mim! — Segurei sua mão novamente, num breve silêncio. Fiz uma oração a Deus.

Passei os trinta minutos da visita relembrando os momentos que vivemos juntos, descrevendo-os em voz alta, esperando que ela me ouvisse, que acordasse.

Ela não acordou.

Saí da UTI arrasado. Minha mãe entrou rapidamente para vê-la e meu pai ficou comigo.

— Não é justo, pai. Ela não pode morrer! Deus me deu o melhor presente do mundo e agora vai me tirar assim? E ainda por cima a culpa foi minha, se eu não tivesse gritado... — Abracei meu pai, soluçando de tanto chorar.

— Calma, meu filho. É desesperador mesmo, mas Cristina teve uma parada cardíaca logo que chegou ao hospital. A cirurgia no tórax, onde levou o tiro, foi complicada e demorada. Ela perdeu muito sangue, entrou em coma e infelizmente, às vezes, demora para o paciente se recuperar. — Segurou meu rosto molhado entre as mãos. — Vamos ter fé, ela vai sair dessa. Não se culpe assim.

No dia seguinte, voltei para vê-la. No outro também.

Ela não acordou.

Capítulo 14

Não sabia ao certo quanto tempo tinha se passado desde que levei o tiro, nem ao menos tinha certeza de que ainda estava viva.

Mas, de repente, em meio às recordações de minha vida, no meu mundo paralelo dos sonhos, comecei a ouvir a voz doce de Felipe. Ele estava chorando.

— Cris, meu amor, por favor, volta, reaja! Me perdoe por tudo que lhe causei até hoje. Eu nunca tive a intenção de lhe ferir, mas o acidente de carro foi culpa minha e agora o tiro que você levou, que quase a matou, foi culpa minha de novo... Eu fiquei apavorado, a cena do dia do sequestro me veio à cabeça e quando dei por mim já tinha gritado... Por favor, me perdoe. Eu a amo tanto, tanto... Você é a mulher da minha vida, não tenho dúvidas.

Ele falava entre lágrimas e soluços, enquanto acariciava meus cabelos, eu estava ouvindo tudo, eu podia senti-lo me tocar, mas não conseguia reagir.

— Além de estonteantemente linda, meu amor, você é bondosa, generosa, alegre, inteligente e divertida, a melhor companhia que alguém poderia querer. Você é delicada e prestativa, está sempre disposta a fazer o que for preciso para agradar a mim e a todo mundo. Meus pais te amam como amariam uma filha. Meu amor, por favor, não se entregue, reaja, volte pra mim! Te amo tanto.

Senti o corpo dele balançar com os tremores provocados pelo seu pranto. Eu estava ouvindo, tentava reagir, mas não conseguia abrir os olhos.

— Sinto, meu amor, que o dia mais feliz da minha vida, de longe, vai ser o dia que você acordar e voltar para mim. Quero viver a vida inteira ao seu lado, ter filhos, netos, envelhecer com você... Cris, por favor, por favor... Me perdoe ter te colocado nesta situação. Acorda. Volta pra mim!

Ele estava sofrendo, sentia-se culpado...

Enquanto falava, seu choro havia se transformado num pranto incontrolável e infantil. Eu queria tanto mostrar a ele que eu estava viva, que ele não precisava mais chorar, eu fazia um esforço enorme para me mexer, mas não me mexia. Então me lembrei do exato momento do tiro.

Atônita, percebi que minha blusa ficou suja de sangue e a mancha não parava de aumentar, o que me deixou apavorada. Virei-me e vi que nosso segurança entrou e atirou no bandido evitando que ele disparasse a arma de novo em minha direção. Minha visão foi ficando ofuscada. Senti a respiração pesada e não vi mais nada.

Não, meu amor, não chora, eu estou aqui!

Não foi culpa sua, meu bem, foi uma fatalidade!

Eu tentava falar, mas não conseguia.

Senti o calor da mão dele na minha e ouvi as coisas tão lindas que ele dizia. Coisas que toda mulher queria ouvir, que toda mulher deveria ouvir.

De repente percebi que seu pranto cessou. Houve um breve silêncio. Ele respirou fundo, foi audível. Senti seu toque em minha mão, ele me acariciava.

— Meu amor... Fico pensando em nossa festa de casamento, você entrando toda de branco na igreja, mesmo eu imaginando que debaixo do vestido estará usando uma *lingerie* vermelha, o que, honestamente, me faz desejar ainda mais que esse momento chegue logo... Acorde, Cris! Volta pra mim!

Estou viva, eu vou ficar bem. Vou entrar de branco na igreja, vestindo por baixo uma lingerie de renda vermelha sim, só para você! Eu te amo tanto... Não chora! Vamos ter filhos e netos, sim! Iremos envelhecer juntos. Eu nunca vou te deixar. Não chora...

De repente, senti minhas pálpebras mais leves e consegui abrir os olhos, a luz sobre minha cabeça me ofuscou momentaneamente a visão, mas pude, enfim, vê-lo novamente: Felipe, meu grande amor.

Capítulo 15

Quando voltei do coma, Felipe estava ao meu lado com os olhos inchados de tanto chorar. Logo entraram minha mãe e minha sogra para me verem. O médico veio me examinar e, após constatar que eu conseguiria respirar sozinha, retirou aqueles tubos de ventilação mecânica de mim. Fui encaminhada para o quarto.

Recebi alta uma semana depois. Meus sogros me levaram para a casa deles, minha mãe ficou conosco lá, mas dias depois precisou voltar para a fazenda. Eu me sentia bem, exceto por um leve desconforto no tórax. O tiro foi em meu peito, atingindo o coração de raspão. Tive de ser operada, por isso essa área do meu corpo ainda doía.

Meus pais e irmãos vieram me visitar algumas vezes. Era muito bom saber que tudo tinha passado! Fiquei afastada do serviço por dois meses. E comecei a pensar que acabaria perdendo meu emprego de tanto me afastar por atestado no último ano.

— Oi, meu amor! Como está se sentindo? Acordou agora? — perguntou Felipe, entrando no quarto.

— Estou bem, só uma dorzinha leve no peito, mas nada insuportável. Acabei de acordar, você me ajuda a ficar sentada?

— Claro! Assim está bom? — perguntou ajeitando alguns travesseiros às minhas costas.

— Está ótimo! Obrigada!

— Eu amo você, meu anjo — falou baixinho, de forma doce, beijando minha testa em seguida. — Fica quietinha aqui, que vou trazer o café da manhã pra você!

Os dias seguiram em paz. Felipe voltou a trabalhar na semana após minha alta. Durante o dia, enquanto estava fora, minha sogra me fazia companhia. Arrumaram um quarto para mim no primeiro andar, para eu não ter que subir escadas.

Voltamos para o apartamento um mês depois. Nana e Tuca me visitavam com frequência, fiquei feliz em saber que ambas estavam namorando. Ri muito ao descobrir que se envolveram com irmãos gêmeos! Era engraçado.

Volta e meia recordava as palavras de meu pai quando eu ainda era criança: "Podemos ser o que quisermos, mas é preciso ter coragem, minha filha!".

Coragem. É necessário ter coragem, sim. Eu não teria vivido nada do que mais apreciava sem a coragem de lutar por meus sonhos, coragem de sair da minha casa, no interior, e vir sozinha para São Paulo, uma megalópole desconhecida para mim.

Eu não saberia o que é o prazer na cama, se tivesse medo de experimentar o que Adriano me propôs. Antes dele, nunca tinha alcançado o clímax. E quantas mulheres nunca o fizeram! Ele foi um cafajeste comigo, mas passou e não me arrependia de nada.

Não teria conhecido Felipe, o homem da minha vida, meu príncipe encantado particular, sem a coragem de romper com Adriano e me libertar daquela relação que me dava prazer, mas não me fazia bem. Talvez o acidente acontecesse da mesma forma, mas, provavelmente, não teria direcionado meu olhar ao Felipe, não estaria com o coração aberto para me apaixonar de verdade.

Ainda bem que tive coragem todas as vezes que precisei em minha vida. De repente, tudo muda. E a gente percebe que a vida é do jeitinho que um dia sonhamos que seria. Ou ela pode ser até melhor!

Epílogo

O CASAMENTO CHEGOU. MINHA IRMÃ VEIO várias vezes me ajudar a escolher coisas, minha mãe também deu suas opiniões, mas a pessoa que esteve ao meu lado em cada momento foi Ângela.

Organizamos uma festa linda. As cores da decoração, os doces, o bolo, as músicas, tudo foi selecionado com atenção e carinho. Quando chegou o momento, eu me senti um pouco ansiosa. Estava louca para ver como tinha ficado. Felipe andava mais ansioso que eu. Acabamos adiando um pouquinho a data que previamente havíamos escolhido. Casamos exatamente um ano depois do dia em que ficamos noivos, de seu pedido feito na praia.

Eu estava ótima. A cicatriz no peito não me incomodava. Olhá-la todo dia me fazia agradecer por estar viva. Felipe parecia cada vez melhor. A vida seguiu tranquila. Continuamos com o segurança particular, que virou praticamente membro da família.

Meu vestido branco era lindo, de modelo tomara que caia, bordado. Eu parecia uma princesa. Meus cabelos estavam soltos em ondas incríveis caindo sobre os ombros. Debaixo do vestido usava uma *lingerie* vermelha de renda, bastante sexy. Tinha certeza de que Felipe esperava por isso, e que adoraria a imagem ao me despir.

Meu pai estava ao meu lado, com uma cara esquisita, os olhos arregalados, engolindo em seco o tempo todo. Visivelmente emocionado. Às vezes pigarreava, fazendo-me rir.

Do lado de fora da igreja, podíamos ouvir a marcha nupcial começando a ser tocada.

— Está pronta para entrar, minha filha? Você está deslumbrante, minha boneca! Tenho tanto orgulho de você! — Beijou minha testa.

As palavras dele fizeram meus olhos se encherem de lágrimas.

— Pai! Não me faça chorar. Assim vou acabar borrando minha maquiagem! — Sorri. — Obrigada por tudo, viu? Por sempre ter sido o pai carinhoso e maravilhoso que foi. Só estou aqui hoje, e sou o que sou, porque o senhor me incentivou a lutar por meus sonhos.

— Assim eu é que vou chorar. Eu amo você, minha filha! Desejo que seja muito feliz em seu casamento!

Logo as portas da igreja se abriram e pude ver meu amado ao longe, no altar, esperando por mim.

Enquanto eu caminhava em direção a ele, percebi os sorrisos dos nossos amigos e familiares. Minha mãe enxugava discretamente as lágrimas e meus sogros sorriam com os olhinhos brilhantes de felicidade. Lipe estava lindo e me observava maravilhado. Eu tive que segurar o choro. Ele não conseguiu segurar o dele. Quando me recebeu dos braços de meu pai, beijou minha testa e precisou enxugar o rosto.

— Faça-a feliz, meu rapaz! — disse meu pai ao me entregar aos seus cuidados, a voz carregada de emoção.

— Eu farei, senhor Joaquim! Fique tranquilo, que sempre farei o que for preciso para ver Cristina feliz.

Meu pai se despediu de mim com um abraço apertado e um beijo na bochecha.

Felipe me olhava encantado.

— Eu amo você, Cris!

— Eu também amo você, Lipe!

Enlacei meu braço ao dele e caminhamos mais alguns passos até o altar. Ambos admiramos a pintura de Cristo, depois nos entreolhamos e sorrimos.

— Ele é mesmo maravilhoso, não é? — Apontei para a imagem com a cabeça, em um movimento discreto. Percebi que o padre ouviu e sorriu emocionado.

— É sim, meu amor! — Beijou minha testa. — Tinha um plano para nos unir e tem abençoado nossas vidas, salvando-nos de tantas coisas ruins que aconteceram.

Assenti e sorri, sentindo o coração aquecido e uma paz enorme.

A cerimônia foi bela e aquela noite, inesquecível.

Mensagem final

Desejo que sempre acreditem em seus sonhos e que lutem pelo que querem. Por mais improváveis que as coisas sejam ou pareçam difíceis, de repente, tudo pode mudar! Mas têm que acreditar!

Um abraço carinhoso e muito obrigada pela leitura.

Renata R. Corrêa

Agradecimentos

Agradeço a Deus pelo dom da escrita e por minha vida, à minha família pelo apoio e compreensão, e à Yngrid Lopes e Diego, da StrateDY, agência de marketing digital e assessoria de imprensa, por estarem ao meu lado nessa caminhada. Trabalhar com vocês tem feito toda diferença!

Agradeço à minha amiga Júlia Torela Guedes, pela primeira leitura e sugestões; à querida escritora Luisa Aranha, pela leitura beta e dicas; e às minhas gentis amigas e escritoras Edna Nunes e Alexia Freitas (Alexia Road), pelas leituras críticas e observações valiosas.

Também agradeço o carinho e as sugestões das minhas betas queridas e blogueiras parceiras: Luma Lage (do blog *Sob minha perspectiva*), Taísa Ferreira (do blog *Sala literária*), Renara Cabral (do blog *Vitamina livros*) e Renata Homrich (do blog *Everything but the books*). Meninas, vocês são demais! Obrigada por tudo!

Ainda preciso agradecer as leituras betas de Renata Souza, do blog Cura leitura, e da Letícia Fernanda Moraes. Letícia, adorei conhecê-la e espero poder tê-la por perto, acompanhando minha carreira, incentivando-me e lendo minhas histórias, e que elas lhe emocionem ou pelo menos lhes divirta!

Agradeço à Silvia, da Pandorga, por acreditar em mim e por me dar a oportunidade de continuar nesta casa linda, e a todo o pessoal da editora, que ajuda a transformar sonhos em realidade. Muito obrigada!

Jamais poderia encerrar os agradecimentos sem falar das revisoras Carla Fernanda dos Santos e Francine Porfirio. Carlinha, você em pouco tempo acabou se tornando muito mais do que minha revisora, é uma grande amiga. Obrigada pelo carinho e paciência comigo, e por sempre me ajudar a lapidar meus trabalhos, transformando-os nas minhas joias preciosas. Francine, você foi simplesmente maravilhosa com meu texto. Muito obrigada!

Biografia

Renata dos Reis Corrêa nasceu em 04/03/1981, em Guimarânia, interior de Minas Gerais. Atualmente mora em Uberlândia com o marido e os dois filhos, um casal de gêmeos.

É médica oftalmologista por formação e apaixonada pela escrita, pelas histórias de amor e, principalmente, pelos finais felizes. Uma romântica incorrigível, procura sempre transmitir uma mensagem de esperança em suas histórias.

Já escreveu quatro romances, voltados para o público *new adult*, e uma antologiade contos. *Contra todas as probabilidades*, seu romance de estreia, *Um ano sabático* e *Amores e desamores* (contos) foram publicados de forma independente, na Amazon. *As coisas não são bem assim*, seu segundo romance, foi publicado pela editora Pandorga, em junho de 2017.

Lançou ainda outro livro de contos, *Sob os fogos de Copacabana*, juntamente com três escritores, em dezembro de 2017.

Redes sociais:

Site: https://www.autorarenatarcorrea.com

Fanpage no Facebook: Renata R. Corrêa

https://www.facebook.com/escritoraRenataRCorrea

Instagram: @renata_rcorrea

https://instagram.com/renata_rcorrea

Grupo no Facebook: Leitores da Renata R. Corrêa

https://www.facebook.com/groups/leitoresdaRenataRCorrea

E-mail: correiodare@yahoo.com.br

INFORMAÇÕES SOBRE NOSSAS PUBLICAÇÕES
E ÚLTIMOS LANÇAMENTOS

FACEBOOK.COM/EDITORAPANDORGA

TWITTER.COM/EDITORAPANDORGA

INSTAGRAM.COM/PANDORGAEDITORA

WWW.EDITORAPANDORGA.COM.BR

PandorgA